U0615802

猛犸译丛

Unwitting Street

不知情大街

Sigizmund Krzhizhanovsky

［俄］西吉茨蒙德·科尔扎诺夫斯基 著

王一笑 冯冬 译

广西科学技术出版社

图书在版编目（CIP）数据

不知情大街 / （俄罗斯）西吉茨蒙德·科尔扎诺夫斯基著；王一笑，冯冬译 . —南宁：广西科学技术出版社，2023.9

ISBN 978-7-5551-2028-5

Ⅰ . ①不… Ⅱ . ①西… ②王… ③冯… Ⅲ . ①幻想小说—小说集—俄罗斯—现代 Ⅳ . ① I512.45

中国国家版本馆 CIP 数据核字（2023）第 147156 号

不知情大街

BU ZHIQING DAJIE

［俄］西吉茨蒙德·科尔扎诺夫斯基　著

王一笑　冯冬　译

策　　划：黄　鹏		责任编辑：阁世景	
责任校对：冯　靖		助理编辑：冯雨云	
装帧设计：黄　海　韦宇星		责任印制：韦文印	
营销编辑：刘珈沂　李林鸿			

出 版 人：梁　志　　　　　　　　　出版发行：广西科学技术出版社
社　　址：广西南宁市东葛路 66 号　　邮政编码：530023
网　　址：http://www.gxkjs.com　　　编 辑 部：0771-5827326

经　　销：全国各地新华书店
印　　刷：广西壮族自治区地质印刷厂
开　　本：889 mm × 1194 mm　1/32　　字　　数：112 千字
印　　张：6
版　　次：2023 年 9 月第 1 版　　　　印　　次：2023 年 9 月第 1 次印刷
书　　号：ISBN 978-7-5551-2028-5　　定　　价：49.80 元

内容简介

　　本书收录了俄国作家科尔扎诺夫斯基写于1920至1940年间的十八篇哲学和幻想故事，他以极其讽刺的目光审视了历史、上帝、哲学、苏联的体制以及作家的命运。与《未来记忆》和《骷髅自传》中硬密黑暗的故事相比，《不知情大街》无疑轻松了许多：一条主人已死的裤子飞奔去工作，很快就有了自己的办公室和秘书；一只自动装满葡萄酒的古老高脚杯蛊惑着它的主人；一位催眠师试图把一只苍蝇变成一头大象，结果适得其反；一位哲学家自由飘浮的思想与被印在书上、被埋入书堆的命运斗争；一位政治家变成象棋大师，他的灵魂最终被囚禁在棋子里；一只鹦鹉从第一次世界大战前的奥地利旅行到苏联，冷眼旁观世间冷暖。

作者简介

西吉茨蒙德·科尔扎诺夫斯基（Sigizmund Krzhizhanovsky，1887—1950），俄国伟大的小说家、剧作家，堪称"被划掉的大师"。自20世纪20年代起，他独自在莫斯科窄小的公寓里写下三千多页的手稿，然而这些"不可印刷、不合时宜"的作品在他生前一直未能出版。1976年，科尔扎诺夫斯基的遗稿被人从档案馆里发掘出来；1989年，他的短篇小说第一次公开出版；2010年，一套五卷本的科尔扎诺夫斯基俄文作品被整理出版。英译本目前有《骷髅自传》《未来记忆》《字母杀手俱乐部》《慕肖森男爵之归来》《并不存在的国度》《第三人：一部三十年代斯大林主义喜剧及其剧评》等。

科尔扎诺夫斯基出生于乌克兰，为波兰移民后裔，青年时期在基辅大学主修法律和语言学，并游历欧洲。1917年俄国十月革命后，他返回基辅，任教于当地的音乐和戏剧学院。1922年，他移居莫斯科，主要靠撰写评论和为《苏联大百科全书》写词条谋生，并因讲授戏剧和音乐而在文学界声名鹊起。苏联肃反运动时期，他将自己的手稿藏在朋友家以防不测。他的小说展示了特定背景下非存在物对日常存在的渗透，模糊了睡眠与清醒、真实与虚幻、生与死的界限，将超现实奇幻与"次薄事物"连接。生活中司空见惯的沉闷以及存在的焦虑都是他的写作对象。他对当权者冷峻的讽刺与谴责穿插在每一个故事中。

译者简介

王一笑

诗人、译者。著有诗集《异岸之火》《是时间在唱歌》，译有科尔扎诺夫斯基的小说《骷髅自传》《未来记忆》《慕肖森男爵之归来》以及法国作家马塞尔·施沃布的小说《虚构的传记》。

冯冬

诗人、学者、译者。译有法国诗人勒韦迪叙事诗《塔朗窃贼》《西尔维娅·普拉斯诗全集》《蛛网与磐石》等；著有《深海之镜：保罗·策兰的陌异诗学》《默温诗之欲望与无限性》，评论集《缪斯之眼》，诗集《思辨患者》《平行舌头》《沙漠泳者》《残酷的乌鸦》。

目录

TABLE OF CONTENTS

蓬特同志

开始吧，一个平常的早晨，在莫斯科两百多万个房间中的一间里，伸展腿脚躺着的是蓬特（Punt）同志；被拉到床前的扶手椅上扔着蓬特的裤子（Pants），两条空裤腿搭在笔挺的椅背上，它们正等着。

一切如常：挂在两个碗柜间的帘子后面（蓬特的房间是一条过道），睡意迷蒙的便鞋拖沓着经过；两扇关着的门背后，一次，紧接着又一次，下水道里传来哗哗的流水声[①]；蓬特头顶墙上挂钟的分针针尖已经指到罗马数字九。这是蓬特睁开眼皮前，放出一个哈欠的时刻。他的嘴的确已张开，但哈欠奇怪地延迟了，他的眼皮仍然紧闭着。

在厨房里，坏掉的水龙头开始嘀咕，泼溅口水；一把钥匙在锁里烦躁地转动——随即，后门砰的一声闷响。至此，一种每年重复三百六十五次的、根深蒂固的反射本应该让蓬特睁开双眼，把手伸向裤子。那裤子像平日一样准备就绪，

[①] 同许多生活在 20 世纪 30 年代苏联莫斯科的居民一样，蓬特同志住的是一间公共公寓，共用厕所、厨房、浴室。

等着。但它的主人没有动静：他因哈欠而大张的嘴巴已变冷，如果这时有人检测这具从枕头伸到墙壁的躯体的体温，那应该与室内温度相等。长话短说，蓬特同志死了。

这时，分针又经过五个小格，越过罗马数字十。就在那时，蓬特裤子的左裤腿蠢蠢欲动。它不能再等了。杂乱的脚步从后门进进出出，裤子支棱起松垮的前襟，靠着椅子后背安静地坐下，若有所思地晃着一条空裤腿。墙上的钟几乎是屏着呼吸敲出分秒数。裤子停下来，轻轻跳到地板上，把扣子按入扣眼，悄无声息地大步跨向帘子。有个上班要迟到的公文包擦过帘子的褶皱，争夺分秒。裤子在一个帘褶下稍微躲闪，紧跟那迟到的人走下"之"字形楼梯，穿过院子，发现自己来到叮咣作响、令人发晕的喧闹大街上。

早上天气晴好，姜黄色粉尘在阳光里飞扬，城市斑驳的屋顶之上是蓝色穹顶。裤子沿路走着，竭力避开行人的鞋底。阳光如 X 射线般快乐地刺穿法兰绒的裤子，风一再唐突地钻入裤内。裤子的脚步仍缓慢而犹疑——很自然，因为它还不习惯不被穿着。这是它的第一次冒险，需要实践与反复练习。随后，毫不奇怪地，它以一种富有弹性的绵软步态穿过街道，迷失方向，开始蹒跚，一条裤腿磕绊着另一条。四个散发汽油味的、能压扁一切的轮胎碾过它，对任何人来说，这只能带来死亡。但是裤子抖了抖自己后就从柏油路上站起来，就像从熨衣板立起；如果说有什么不一样的话，现在它显得雅致了些，因为裤腿上面那两道早已被时间抹去的笔直折痕又醒目了。整个插曲持续不过两秒钟，未能登上意外新闻。那位私家车司机只顾着加速，而同时，一辆电车路过，扶手上悬挂的后背们因为背对一切，什么也没有看到。裤子在四周公文包的相互碰撞中、在断续的匆忙脚步中一声不响地前进，此时大城市高效的、睁眼瞎似的早晨正将人们推挤入他们的工作和队列中。两条裤腿竟然安全抵达往常的过道，几乎是害羞地走过那些往常的桌子，坐到往常的座位上，面对着熟悉的带墨渍的文件夹。没人抬眼看一下。钢笔们正沿着字行赛跑；短发、刘海、中分以及秃顶们皆俯身在窸窣的纸页之上。

有人抛过来一张纸，这张盖了章的纸随即落在文件夹上：

"签字，蓬特同志。"

一本账簿哗啦一声打开，压住那张纸：

"蓬特同志，请在下面签名。好了。"

账簿啪地合上：裤子如今已被这个机构的信贷部门纳入蓬特的名下。以部分取代整体，这在太阳底下不算新鲜，与有历史记载的其他事件相比，这件事可谓小巫见大巫。重要的是，未来的几年中，科学家们在试图解开"裤子蓬特"这一难题时，将会提出大量猜测与假想。其中一个假想从一个基本的物理事实出发——"用一块法兰绒摩擦封蜡时会发生电荷转移，因此受激物体旁边的小纸团就交替地被吸引或排斥"，由此得出以下结论：在"裤子蓬特"案例中，鉴于纸张、封蜡、法兰绒的存在，尤其重要的是法兰绒与座椅每天都在摩擦，那么为什么不能假设出现了一种独特的、迄今极少有人研究的能量——它足以准确且认真地履行蓬特那磨破裤子的公职？另外一个假说大体上是这第一个的延伸，基于心理生理学上的前提：因为所谓的心脏，或准确地说，一位职员的神经震颤，大概会传递到他的靴子再返回他的头部，循环往复……简单讲，就是在靴子和脑顶之间不断流荡，那么位于裤子中部的臀部接缝每次都会保留这些震颤的一小部分，逐渐自行积累起一些思想的类似物为自己加冕，因此这条裤子就有权过一种理性的、完全独立的生活。总之，为什么不能把蓬特裤子的臀部接缝看作类似于连接大脑两个灰色皮质半球的缝状脑回呢？援引脑回之多线性与盘绕特性来反驳的意见将被如下假说唾弃：一条普通的脑线（而且是一条笔直的）就足够了，它甚至比一堆弯曲复杂的分叉线圈更具无可挑剔的优势。

无论如何，步入生活以后，这条裤子继承了蓬特同志未竟的事业。如果在开始的几周，两条裤腿在从过道溜到桌边，又从桌边溜回过道时还紧贴墙壁，竭力避免人们的注意，小心地噤声，谨慎地弯下法兰绒的膝盖，那么随着台历在弧形金属架上打发一天又一天，背对所发生之事，裤子日渐大胆起来——它大步跨入、坐下、站起、躬身、剐蹭，将一条裤腿搭到另一条上，几乎和其他人一样，而那个"几乎"也慢慢消失在时日里。

本质上，这条裤子具备一切资格，更别提经验：一种绵软的偷偷摸摸的步伐，一个勤勉的座位，一张灰暗的暮色面容，少言寡语。

裤子同志出席日常会议，它把口袋鼓起，凑近说话者，举起右裤腿参加表决，签名领工资（它名字末尾的"s"既可以看作字母"s"，也可看作花体），把钱塞入左耳（也即口袋）……如此这般。蓬特同志死后的生活一切进展顺利。当然了，忙碌的人们没时间去怀疑他们同事的存在，但是如果……把这个谨慎的、真实的故事与任何"但是如果"混为一谈，我觉得毫无意义。毕竟，为什么不能借由"代理"来获得某个人的存在，以及他行为的所有外在特征，就像能得到他的收入一样？

这条裤子的勤勉表现引起了高层要员的注意。两条裤腿的座位从一把木头扶手椅升到一把皮革椅，同时薪水暴涨。如今这条裤子有了自己的办公室和秘书。送信的称它为"它们"，在这种情况下，就不是恭维了。裤子躬身于昏暗的办公室，在半明半暗的光线中，一条裤腿翘在另一条上，不动声色地听着它们的秘书做报告，以及呈请人的请求等。唯一能威胁到裤子的一件事被一块招牌上的加粗文字提前避开：

不许握手。

在那次与汽车相遇的愉快事故中，裤子同志前襟上的新折痕被压得刚刚好，得以僵硬地、触目地突出，以至于某些女同事见到他时都尴尬地垂下眼帘。这也被裤子玩弄于股掌间……或确切点说，玩弄于两腿间了。

这条裤子（本故事如一条裤缝一样平铺直叙，不忽视任何事实）甚至还卷入一场罗曼蒂克。打字室在蓬特同志的办公室对面，长时间以来，十四台打字机的哒哒声掩盖了一颗跳得太厉害的心的怦怦声。但是——就像总会发生的那样——这个秘密被它的"对象"知道了。这个对象，也就是裤子，被这情况吓了一跳，感到不安：用自己的秘密换取一个女孩的秘密总归是危险的，而且，这条裤子除了扣在法兰绒里的空气之外，什么也给不了。

大厅对面那个年轻尤物的献祭的信没得到任何回音。一个星期过去了。又一个星期。裤子同志如果碰巧经过打字室，总会加快或缩短步伐。后来，第二封信来了。它这样开头：

"我想我已经猜到了您沉默的原因……"

底下，她本该签名的空白处写着：

"如今我心明眼亮。"

裤子以一对大大的边扣凝视这封信，小心地研究字句。普普通通的甜言蜜语，无稽之谈，一大堆表白，但在这笔迹里，在行文的迫切里，的确有一丝威胁的意味，此外她已经"猜到……"，哦……

接下来两天，裤子没有去办公室。然后它又现身了。但它在露面之前发出一个书面指示：解雇打字员某某。签名：蓬特（Pant）——带一个 s 形花体。

所有的绊脚石似乎都已抛在身后。耳朵们毕恭毕敬地伸向裤子的指示，嘴巴们讨好地媚笑，而且已经有一个高级职位在讨论中了，突然……

按照惯例，该机构受到许多稽查委员会和小组委员会的检查，而碰巧，有一只特别敏锐的眼睛盯上了裤子签名尾端的 s 形花体：有点可疑，这太像一个字母。于是小组开会，然后通知所有墙报的编辑。一周后，一张写有十条质询的大字报贴到蓬特办公室门口的墙上，包括下面的四行字：

是摆脱任人唯亲和裙带关系的时候了。

管理层清楚不清楚？（如果不，为什么？）

有亲属关系的人在我们机构里工作，比如那位蓬特同志？

这是错误的！蓬特一家（The Pants）必须被分开避嫌。

——一位观察员

蓬特的秘书紧紧地关上身后的门，把这个不愉快的消息报告给他的老板。整整一天，裤子对臀部中缝，即它们一分为二的地方有种不适的感觉。情形已经不妙，但如果他们保持沉默，那么……

下一版的墙报刊登了一篇爆炸性文章——《沉默意味着异议》。五个长段落发出质问："那么，最后，有没有魄力把蓬特（裤腿）从蓬特（裤腿）上撕下来？"

秘书甚至都不敢通报这个，然而两通电话打破了蓬特办公室的沉寂。事态变得严重，尽管还不是无可补救。就在这时，一封标有"机密"字样的官方信函从蓬特门前悄悄经过：立即查明——蓬特同志是否是名噪一时的荷兰神秘主义、蒙昧主义大师鲁伊斯蓬特（Ruyspant）的后代。于是裤子的职业生涯戛然而止，而且无可挽回。"机密"从一只耳朵钻入另一只。裤子的秘书得知这消息，手持公文包伫立很久，目瞪口呆。裤子在光线很差的办公室里待了一整天，孤独地被遗弃。就连那黑色的电话听筒也沉默。裤子深陷皮革扶手椅，独坐良久，只有磨损的左裤腿边轻微抖动了一下。脚步声和远处打字机的哒哒声渐渐平息，一百个墨水瓶盖上了一百个镀铜盖，这是人们在衣帽间挤撞、交换号牌与衣帽的时辰。裤子小心地走到门边，贴近锁孔听了听。四下无人。能走了。

黄昏的街道裹着漫长的黑影，如同铺上了条纹。一阵狂风钻入裤子，像是要把它从自己裤腿里吹出来。圆圆的蓝黄色路灯如蟾蜍眼，在神经般的细电线上摇晃。

那一夜，在帘子后面的房间里，糟糕的事还在继续。等到公寓里所有的耳朵压向了枕头，所有的灯都熄灭以召唤梦乡时，裤子艰难地爬上一个衣帽钩，想吊起自己。但是自杀失败了：法兰绒裤腿太软，太空，它们无力踢开凳子；而且众所周知，裤子是专业的吊挂者，它们使用衣钩也只是把自己弄平展，防止团皱或膝盖处的鼓起或皱缩。

简短说吧，在挣扎了整整一个钟头后，裤子最终挣脱钩子，在地板上躺了很久，像一片不成形的污迹。

但是分针继续环绕僵死的白色表盘走着——先是罗马数字九，接着角度逐渐攀向垂直，最后彻底垂直。经过帘子褶皱的是那熟悉的便鞋的拖沓声，三扇门背后传来马桶水箱里的哗啦声。裤子半张开左口袋，听着。它必须活下去——无论多么艰难——此外别无选择——它必须活着。

一堆不成形的布料平躺在地板上。裤子撑着裤腿勉强站起来：得活下去。

此刻，下定决心的灰色法兰绒大步流星，笔直行走：走廊—街道—推开窗档的早间商店。在经过其中一间时，裤子放慢了脚步。一位做清洁的女仆正裸露着胳膊肘忙碌，以棕毛扫帚挥舞出一大朵灰尘云。裤子步入那灰尘云（那颜色恰与它一致），进入商店，没人注意它。商店里几乎空无一人，但是从柜台下面向外窥视的正是一堆蜷缩的、睡意迷蒙的裤子：灰色、黑色或带条纹的——全都有两条腿。它们扁平、熨烫整齐的臀部和宽大的裤口表现出心满意足，迥异于任何一种无裤党主义[①]。在自己的同类里，在那堆有很多条腿的裤子中间，前蓬特同志总算找到了它失去的"s"。甚至还没到午饭时间，前蓬特就被一位心不在焉的店员拿出来放到柜台上，被触摸检查、对着光线试穿，换来一张现金收据。于是开始了……然而，那将是——就像一些作家喜欢的结尾——另一个故事了，不妨说，对于一支笔尖不同的钢笔。

1931

---

① 无裤党主义（sansculottism）：源自法语 sans-culotte（无套裤汉），代表政治极端主义或激进主义。

我与巨人国王的对局

（《格列佛游记》里一个未发表的片段）

我下面要讲述的事情被遗漏了，这完全归咎于我的疲乏。二十个小时的酣睡把它从我的手稿里抹掉，这篇故事简短但具教诲意义。几天前，我记起了它。我的笔在墨水瓶里蘸了不足一百次就写完了这个故事。

众所周知，那段日子我住在巨人国。如果您还能记起，那之前海上一场猛烈的风暴将我刮入了小人国，那么您就很容易想象我的奇异的五感。我曾习惯看到比脚踝还矮小的人，然而此时在这儿，如果想要和邻近的人交谈，我就得脑袋后仰，就像站在圣詹姆斯大教堂的塔尖前一样。

巨人国的国王是个超级国际象棋迷。他偶然知道我也是这种游戏的高手，于是邀请我和他下一局。拒绝会显得很尴尬。这位皇家娱乐大师亲手递送我——立在他的手掌上——来到桌子的高原上，赛局将在那里进行。我发现自己面前是一张辽阔的黑白格棋盘，宽度相当于一座高尔夫球场。我几乎望不到国王那藏在黑方棋子的两排柱廊后面的巨大的红色须髯。一开始，我还想问为什么我被安排执黑子，但紧接着我想起，在国王面前谁都不准笑，除非国王先笑，谁都不许戴上帽子，除非国王先戴，那么以此类推，谁也别想走棋，除非国王先走。

我在自己的王后和象之间就位（我站直身子甚至踮起脚尖，也仅能够到王后涂漆的脖子），我开始等着白方出第一步棋。

"e2—e4！"

妙极了。我疾行在棋子间，奔向我 e 线上的卒子。还有什么好犹豫的？但半路上我滑倒了，左脚蹭到了 d7 位上的卒子。就在这一瞬间，来自皇家手指的可怕的一弹将我震翻在地。

"碰了就得走！"从竖直须髯上方传来国王炸雷般的声音。

这有悖于我的意图，但我也只好照办，挪动 d7 位上的卒子，或不如说，和我的 d 线小卒一起挪动。我努力把它往前推一格，但那可恶的卒子纹丝不动。显然，巨人国王棋盒里所有的棋子都灌满了铅，就像在英国那样。我双手紧抱那块圆的黑色镫形石，才竭力把它移到下一个方格。走完这步棋，我退到棋盘中心坐下来，擦去前额的汗珠。这个时候，白方在思考。

随着棋局的行进，我变成了一个重物搬运工。国王食指指甲轻弹就能移动他的棋子，他藏在红胡子里咯咯笑，酒气熏天的呼吸风淹没了我。下到中局的时候，我已累得腰酸背痛。我弃了一卒，赢得一次机会：用一车换一马。随着每步棋子的移动，我的步伐愈加艰难。有一次，我不记得是哪一步了，我必须扛着我的象穿过整整四个方格，而那庞然大物足以压垮我的肩膀。后来，我放下它，坐到那个方格旁，无法一下子缓过气来，这让我下一步棋超时了。然而，我右翼的象此时陷入一个更加棘手的难题。我的对手走了一步糟棋，推进 c 线上的一枚卒子却没有想到要保护它。于是我得把笨重的黑象拖到那方格，吃掉那枚白卒，然后再亲自将那卒子运到被吃掉的棋子的棋盒里。这一步让巨人国王想了良久。我坐在正变得稀疏的黑白棋子森林的边缘——或不如说，最边上——听着他不祥地抽动鼻翼。在这繁重的体力劳动后能休息一下，我感到很舒心，而那只巨大的时钟报出分秒，轰鸣如塔楼之钟。我的头脑逐渐清朗了，谋划着更微妙地变换路数。突然，我听到两声重响："肯定是王车易位了。"我脑子里闪过这一念头，然后抬眼看去，果然没错。按照我的计划，为了回应国王的短易位，我必须以同样步骤，却是向着 a 线长易位。

若不是我的对手给我暂缓之机，我都不知道自己哪来这般力气执行此次复杂的操作。我先是举起黑漆国王扛到肩背上，但重负之下，我的膝盖很快就压弯了。我只好把那木头陛下放倒在地，朝棋盘边缘开始滚动它，就像工人们滚圆木那样。相比之下，移动车更容易些。完成王车易位后，我走到棋盘中心，站在黑白棋子间，双手插入口袋，以一种超然旁观的姿态研究棋局。

白方虽以一卒领先，但我手里握着一次进攻的机会。这说法的字面意思是，挪动我的棋子去对付国王的王——这确实需要我的两只手外加一只脚。挪动我方剩余的一马特别费力。众所周知，那匹木头马能越过它自己一方或对手的棋子。我只能扛着我的马万分小心地穿过敌兵的布阵，竭力不碰到它们。但我很快就学会了干净利落地干这件事。是这样：把我的右肩抵到马的咽喉处，以左手抓住它的左耳，以右手抓右耳，然后躬身扛起我的重负，快步移送到需要抵达的方格。可以骄傲地说，我的马尽管只有一条腿，但从来没绊倒过。借助它曲折的跳跃，我成功扰乱了白方的布阵。白方的木制国王几乎一直都被我将着，它开始慌乱烦躁，从一个方格逃避到另一个。与此同时，那个活着的国王在棋盘上俯得更低，他呼出的热气从上方冲击我，他前额的深深垄沟如同一块被几个隐形耕犁所犁过的土地。

他思考着解决的办法，以粗大的手指时而碰碰这枚棋子，时而摸摸那枚，不知如何回应。我大胆地吼叫："碰了就得走!"但是陛下只是挥了下手就将我的话语拂去。的确，和他的吼声相比，我的喊叫一定不比苍蝇的嗡嗡声更响。

"没关系，"我想，"无论你怎么摆弄你的王后和象，我都赢了。"

决定性的时刻逼近。国王的手指此时没入他的须髯，如一把草耙插入一大堆红干草，时而鼓槌般敲打棋桌的边缘（这形容还不是很恰当——那咚咚声很快让我想起被木槌重击柱子），时而相互摩擦。终于，白方移动棋子。这正是我梦想的一步棋。"将杀!"我大喊，以最快的速度冲向我的一个卒子，它最临近白方被摧毁的前线。我冲向它的圆头，就像一个球员冲向皮球，好把它猛抛入对手的阵型。黑白方格在我脚下闪烁。终于到了。我的双手抓住卒子的脖子，在棋场上举起它……

突然，一件恐怖的事发生了：一道长长的黑影从我头顶闪过，接着我感到地下（或者说，桌子底下）一阵沉闷但猛烈的震动。棋子们弹起又跌落；有一些棋子滚过赛场。万分惊骇中，我放开了那个马镫石般沉重的卒子，它砸在我的右脚上。剧痛导致我昏厥了——这就是为什么我无法叙述这灾难发生后，随即发生了什么……

　　我同样不能精确估算自己失去意识后躺了多久。我终于睁开眼睛时，什么也看不见。我被漆黑和完全的寂静笼罩着。"或许我在地震中死了，掉入一个火山口——同棋子、棋桌、国王和他整个的王国一起？但为什么我还能思考？一个猜测自己已死的人一定是活人。**'我思，故我在'**，如我父亲的朋友笛卡尔所写的。"我摇晃我的双手，先是一只手，然后是另一只：没有受伤。我伸直一条腿，它碰到一个木头般的扁平物。我向另一边伸出手，立刻碰到一堵墙。我继续沿墙向着头部方向滑动手掌，摸到一个拐角。以另一只胳膊肘撑起自己，我侧移身体到那个拐角——此时，我的头撞到第三堵墙。"一口棺材。他们把我活埋了。"这念头在脑海中一闪而过。我没有勇气伸手去够第四堵墙。我躺了很长时间，只听到自己怦怦的心跳声。

　　"不管怎样，"逻辑提醒我，"如果你的心脏在跳，那么你的肺就得呼吸，如果是这样，它们只能呼吸空气。所以，这个棺材里必然有大量的空气。确切说有多少？当然与该棺材的容积成正比。这棺材的体积是以它的长度（在这种情况下，大约等于你身体的长度）乘以它的宽度和高度，无论以什么度量单位来表示……哦，这个棺材从底部到盖子的距离是……"逻辑拿起我的手并举起它：没有盖子。我开始采取更大胆的行动。我在黑暗中摸索——这时用的是两只手——

摸到一个比人头稍大的圆滑光溜的东西。这球体从一个救生圈似的东西上突出来，底下是一段光滑凿出的脖子，再低点是……哪怕在黑暗中我也已经猜到：是一枚卒子。这就是那枚我向对手发出最后一击的卒子。我满心欢喜，仿佛它是个活人，仿佛是——朋友或盟友。我们所在的是个普通的坟墓罢了……我双腿雀跃起来，结果又跌倒，我发出呻吟：脚背的一阵剧痛让我不得不谨慎行动。我现在清晰地记起在我晕倒前最后一秒钟，黑色卒子从我怀抱中脱落，它那背叛的一击，唉！我对它的好感顿时减弱。

但是，我到底在哪里？我小心地拖着受伤的脚，爬向那堵更低的墙，一开始我以为它是堵棺材壁。奇怪的是，那堵墙消失了。在那里，我摸到一个不平整且多毛的圆盘，它是一个光滑的木质身体的底座，上面是堆叠的圆形、镂空与凸起。毫无疑问，在我恢复意识的那一刻，我的脚一定碰到了一个象棋王后的脚。我爬过那位女士的木头肚子，无意中撞到一个三角形："哈！一只马耳朵！"我现在快速了解了地形，然而一秒钟之后，我发现我没考虑到藏在那里的所有危险。我只是轻轻拉了一下马的下唇——在我周围便响起一阵吱吱声、一阵呼呼声，然后是一堆重物的滚落。那就好比我站在一堆圆木旁边，碰到最外面的一根，整堆木头都动起来。

现在我知道自己在哪里了：在放棋子的盒子里。我如何沦落此地？怎么在这屋顶低垂的木头牢房？任何一种猜测都不能回答这些问题。

我决心从外部寻求解答与解脱。一开始，我以拳头、膝盖和脚用力顶撞象棋盒壁。然后我细听：没一点动静。稍事休息，我开始把一枚卒子当成破城槌，仍一无所获。我筋疲力尽，只好下到盒子的深处，耐心等待什么人能想起我来，打开盒盖。数小时在沉默与黑暗中过去了。不知不觉中，我睡着了。

饥饿唤醒我。我感到一阵无名的狂怒，拳头和脑袋狠狠撞向那堵该死的墙，大声呼喊："打开这个盒子！我是格列佛博士！我受伤了，放我出去！救命啊！"但是，我的力气在衰减。狂怒之后是沮丧，然后是冷漠。我变得迟钝，听天由命，像个已死的棋子。

我不记得头顶上的时间飞逝了多久。最后，当我放弃了希望，蜷缩在一个角落里时，听到了远处的隆隆声，然后是近处的喧闹。我的地牢震颤、颠簸，如风暴中一艘船的底舱。一秒钟后——就像底仓上方的甲板被掀开——我被一片耀眼的日光淹没。"噢，他在这儿呢！"国王震耳欲聋的声音传来。十几个巨大的喉咙里回荡着欢快的笑声。为了保护耳膜，我不得不用手掌捂住耳朵。

棋盘风波过后，我被托付给御医，他负责治疗我受伤的脚，嘱咐我卧床休息。我慢慢恢复精力，而我未能记起的那些事件的先后次序，通过几次询问，也就不难确定了。

那场我以为的地震仅仅是国王的拳头在棋桌上的一击。是真的，他输了棋总会感到被冒犯，于是……

我与陛下的那场拉锯战一直持续到深夜。一位睡眼惺忪的仆人过来把棋子们扫入棋盒，放归原位，他把我——连同卒子、棋子们——一起扫了进去。必须原谅那位仆人，因为那时我已深度昏迷，在大小和安静方面，与那些木头邻居们几乎没有区别。

接下来发生的事不需要再说明了。我得感谢国王，要不是他还想复仇，这象棋盒子很可能就成我的坟墓了。

等我恢复了健康和力气，国王和我又展开了一次对局。这一次，我无须再做自己棋子的搬运工。我只须喊出字母和数字，一位皇家内侍就会来移动棋子。

这第二场棋局我输掉了：出于礼貌。

1933

细微人

1

我在法院笔迹鉴定部门的一位审查员手下工作，很快就满七年了。这个工作不但要求人勤勉，还得有敏锐而老道的眼光。文件成摞累牍：我不得不将办公室里没了结的工作带回家继续做。我主要负责侦辨伪造遗嘱、欺诈性本票以及无穷无尽的假签名。我拿过一个人的签名：测量笔画角度，字母间距与圆度以及线条斜度，然后得出一个平均值，比较施加的压力以及花体字的形状。我拆分、研究藏匿在那些小墨水点和字母的凹陷或突起里的——谎言。

我不得不频繁使用放大镜工作，在透镜下，真相几乎总是膨胀为一种假象。这个名字是假的，因此它的拥有者是假冒的；这个人是冒充者，那么他的生活就是编造的。

出于疲倦，一串串模糊的圆点在我眼前飘浮，而事物的形状也飘忽起来。是的，我们的工作很艰难，抽丝剥茧，可能还有些多余——哪里有必要去测量字母角度，测算墨水点数，当你已然知道这些全都是些假面具、伪思考、虚套话、伪装者。与其问："你在做什么？"不如问："你在伪造什么？"人们假装恋爱、思考、交流。他们伪造意识形态，甚至伪造自己。他们所有的"姿态"都基于伪装。至于婚姻的虚假（sham），毋宁说耻辱（shame）：给那个词加上一个对意义来说无关紧要的字母 e，再摇晃一下这两个词的组合，你会得到……

我不喜欢我那糊着蓝莲花墙纸的愚蠢的房间，以及我扣在大衣里瘦弱的身体，更不喜欢那被自己隐藏起来的自我：我如果能把我的"我"一点一点地拆开，就像拆解我公文包里的那些，那么……但是我不能。

我曾经试图借工作忘掉自己——一直干到头痛欲裂，视线模糊：为了不去思考。如今，我甚至都不能那样做了。不能了，尤其是在那场突如其来的意外之后。

那是个星期天。我比平时醒得晚些，眼前是一个清澈的黎明。玻璃上冻出了霜花。门边的棕色地板上，是闪动的黄色光斑。街上传来一架手风琴的刺耳琴声。一切都和前一天一模一样，就连闪光和灰尘都一样，而同时，一切又仿佛是第一次呈现。地板之间平行的裂缝还是老样子；同样的公文包，桌上同样的书，同样的旧扶手椅、衣柜，所有东西都在原来的地方——除了那个**同样**：**同样**消失了。每样东西都被涂上了新鲜意义的光泽，都略有变化，稍微偏斜，有着奇怪的鲜亮。

然而我的时间很宝贵，一张本票的白色纸角探出公文包，它在等待。它的底端有一个签名。前一天，我整晚都在研究它的字母：所有的外观——角度、压力、花体曲线等——都名副其实；事实上，直觉告诉我，它们每样都是假的、伪造的。那些字母整夜折磨我，巧妙地躲避我的分析。早上，我的工作有了更好的进展——最后一个字母缺少纸的光泽：一次涂擦。啊哈！在卷曲的花体上还有一处细微的深色污点。原来如此。我拿起放大镜，把透镜和眼睛对准那线条——玻璃凸面下方，正对着我的眼睛的地方站着一位小人儿，他的个头被放大后也只如一粒尘埃。小人儿一点儿也不害怕，高傲的头仰向玻璃穹顶，他抬起几乎看不见的手，礼貌地朝我眼睛的方向致意。显然，这个微尘一样大小的生物有事要告诉我。我搁下放大镜，将头低到桌边，以一只耳朵小心翼翼地罩住这位陌生人。一开始，我感到有什么东西在耳郭里窸窣，抓挠那些细毛，接着，窸窣声慢慢可以辨识。我听到：

"我，细微合众国的国王，'几乎乌有王国'的征服者，以及，以及，向您致意。尊贵的巨人，在您的蓝莲花墙纸的国度，我恳求您友好款待我本人和我的人民——流浪的、受压迫的细微国人民。我不胜感激地请求您，把您的皮肤、手稿、书籍和其他诸如此类的东西赐予我们作为领土。

如果……"

我移开耳朵，正要作答，然而喉咙刚一颤动就将那位细微国国王震出了视野。我不得不举着放大镜环绕桌子长时间翻查，才找到这位尊贵的国王。被吹翻在地后，他迅速站起来，抖了抖皱巴巴的外衣。我设法再次用耳朵罩住这位贵客，向一旁轻声细语，以免他被气流吹倒。

"我欢迎您，"我说，"细微国国王陛下。我的手稿，我所有书籍的锯齿、突起、边缘，一切书脊、书签、缝隙、墙纸花，我的油画的布面以及我自己的表皮等都悉听尊便。作为回报，我只求，您能接收我为细微国的臣民。"

我的耳朵里再次响起沙沙声。

"噢，您过奖了，您的伟绩我们尽人皆知：您和您的钢笔为伟大的'几乎乌有国'的事业，为细微国的崇高理想辛勤耕耘。因此，我授予您不朽而高贵的细微王国第一封臣的爵位；我赐予您细微王国首相的要职，给予您庇护与特权，且吩咐我国所有人民都为您服务，就像他们为我服务一样，只要我还在世，且在我的新领地上不受侵犯。嘿！"

一瞬间，细微国人民涌动的沙沙声充满我的耳朵。在其君主的召唤下，他们从我的耳垂下蜂拥而出，挠痒我的皮肤：

"占领封地，"国王接着说，"去到每幅油画的每一处涂抹，每本书里的每个字母，一切手稿之一切墨点。登记大大小小所有尘埃。登记'几乎乌有国'的所有类群与宗族，在墙纸花里定居吧。带长者和议员们去火炉的温暖缝隙里。赶紧行动！数一数这位皇家巨人眼皮上的睫毛，在每根睫毛上都安插细微国国民。派杰出的'几乎乌有国'指挥官到巨人的两只耳朵里去。而您，我的臣子和弟兄，您对我们真是太好了，为了庆贺这一天，庆贺我们的相遇，请允许我们把我脚下踩着的这份伪造签名变成真品，并大赦那位不幸的伪造者。喂，字母匠们，过来把这个弄成真品。"

这时，国王的王冠轻擦我的耳垂，他在随从和护卫的簇拥下沿签名的黑线庄严地走着，好似沿着一条红地毯。

我惊愕地抬头，环视墙壁、地板、天花板：似乎一切都没变，然而每一样都蜕化更新了。死板、愚蠢的蓝莲花稍微挪了挪那些棕色描边，让自己包裹在闪光和薄纱般阴影的嬉戏中；冰冻的窗玻璃上散布着晶莹的图案，那些冰雪星星散射出蓝白色火花；油画上的涂抹被隐形的刷子触摸过，焕发出簇新的色彩和线条；而我的藏书的书脊上垂直的字词稍微偏离了它们的原意，把裂缝扩大到其他模糊的世界。

一个黑点突然闪过我的左瞳孔：肯定是正执行任务的细微人中的一个从睫毛上掉下来了。显然他们已经到岗就位，因为我只要一抬睫毛，一切都消失了，回到昨天的原样。盛开的莲花再次硬化如涂料斑点，一切事物都有了边界，在看得见听得着的所有东西里，仿佛有一千把锁咔嗒锁紧，将它们再次禁锢于僵板与死寂中。

然而我只需眯起眼，透过睫毛，就能再次看到微光闪烁的众多新世界。我凝视本票的签名——先是用我的裸眼，接着用放大镜。我把它与一个真实签名一笔一画地核对。我把钢笔蘸上墨水，在我的报告里插入这句话："因此，第1176号文档的签名应被视为真实的亲笔签名。"

我的心在胸口愉悦地翻腾。我对那个有罪的花体签名挤了下眼，又一个打盹的细微人从一根睫毛上掉下来划过我的瞳孔。

"艰难的岗位。"我大笑。

愉悦，像太阳那般流溢出黄色细丝，穿梭于光线和冻结在玻璃上的星星间。

"所有人统统大赦，"我愉快而宽慰地低语，"一切伪造、假冒、捏造、非真之物，统统大赦。字母、词语、思想、人民、国家、星球以及宇宙，统统大赦！"

街上那架旧手风琴还在转动着它老旧的琴栓，重复着刺耳的铜管声。但在我耳朵里，众多细微人已经开始工作：他们把刺耳的刮擦声转化成一段悦耳旋律，一个由半音和泛音组成的花环——凡不是来自细微王国的人都听不到。

我想出门，去街道交错、人流交汇的地方。我猛地拉开门，一只手扶着栏杆，奔下狭窄楼梯来到天井底部。天黑了。我睁大眼，一切如常。突然，在一处楼梯平台，一扇门被推开，灯光随之倾泻出来。我的眼睛条件反射性地眯起，我看到一个女人正站在门槛上踌躇。我想起来了，我与她在我们那栋楼附近曾相遇多次，就在门口，在这儿，在楼梯上。她长相普通，满脸雀斑，有些灰白的头发梳在耳边。她很可能是一个女裁缝或打字员，我不清楚。我们每次邂逅，她都会移开目光并紧贴栏杆，我猜是羞愧于穿旧的裙装和自己苍白的面色。平时，我都懒得去看她，但是此刻，哦，此刻驻扎于我瞳孔边的小人儿已出色完成工作——她同以往一样平凡，和前一天毫无二致，但为什么我的心如此猛跳？她像所有人一样平凡，但为什么血流突然涌上我的脑袋？

她停住，一只寒碜的鞋踏在门槛上，她的脸被阳光环绕，有什么东西在甜美地熠熠发光，同时，透明的阴影遮住了她的鹅蛋脸和无助的茎状细脖子。过了几秒钟，那扇门关了，光芒隐去，我机械地继续行走，脚摸索着楼梯。我走啊，走啊，走到被脚步磨损的砖块大街上，迎接仿佛刚刚诞生的全新生活。在昨天还只是"雪"的东西，此刻成了无数几乎不易察觉的、奇异的冰晶；破烂的窗户怡然凝视，仿佛刚醒来的人的眼睛；许多以前从未感知过、未曾意识到的隐匿之物展露出来；大步向前的身体的垂直线条，轮辐的转动，雪橇滑动的吱吱声，被风撕碎的词语；藏在棉絮和皮毛下的手、脚、姿态，神情与光芒的嬉戏——突然间，一切都自由自在，清晰可见。同样地，我体内的一切也都不同了：几乎难以辨识的无数念头在我额骨里挤撞，我心里充满春笋般萌芽的预感和计划。几千个被冷空气吹入我皮肤毛孔的小人儿，正拉扯我的血管和毛细血管，在神经丛里一阵拨弄，在我的身体里创造出一个全新的、意想不到的身体。这种体验让我双腿微颤。我背靠一个贴着戏剧节目单的柱子，上面贴满一英尺高的字母，喃喃低语一些我自己也觉得奇怪的话。只有聚集在我嘴唇周围的小人儿才能听到。

"我发誓，"我低声说，"噢，我发誓终生为我的君主、细微国国王以及他全体杰出的人民服务。如果我，知情或不知情地，违背了誓言，那么就……让我去死。"

我耳朵里，颤颤巍巍地响起一个词："阿门。"

2

"我只待一分钟……"

一只扭曲的、寒碜的鞋犹疑地停在我的房门口。

"没问题，我甚至可以多待几分钟。"

她把一只手放在桌子上，眯眼看了看散落在周围的纸张。从她的凝视，从她突然扬起的眉毛间，我想起来了，她那时显然已经注意到我们并非独处。她胆怯了。我俩没说话：哦，现在我知道那些在沉默部门工作的细微人的非凡技巧了。他们掌控着沉默的键盘，细腻地微调未说出之物的半音音阶，他们灵敏调制沉寂音乐的音调——从沉默到噤声，从噤声到无言。

我的客人把手指按在桌面上，等待着。我先是握住她剪短的指甲，然后抓住了她的手，很快，她瘦瘦的胳膊肘就在我掌心里战栗了，然后我的肩紧挨着她的，我的嘴唇分开她的嘴唇，力图交换呼吸、灵魂、精神。

我的心撞击着她的心。我们的睫毛缠在一起，洒下泪水。下一瞬间……我突然看到她眼睛旁正好有一颗暗淡的红斑，挨着它的是另一颗：雀斑。在油腻的表皮下，褪色的皮肤布满细小的毛孔黑点；一边颧骨上有一个发白的小脓包。她颤抖的唇上冒出一点泡沫。

在困惑中，几乎是恐惧中，我躲避了。我盯着她——一个平凡的女孩，一个平凡无比的女孩，我经常在大门口、大街上、楼梯井里遇到的那同一个：松弛的皮肤底下是鱼骨似的锁骨，水汪汪的眼睛眯成短小狭窄的两条缝，她瘦弱的身体、过长的手臂都裹在熨过的麻布裙子里。

"亲爱的……"

我后退了一步。

"原谅我。看在上帝分上。这是个误会……"

她身体摇晃如被风吹打：鱼骨在裙子里抽搐，像是要戳破皮肤。然后她走了——以一种细碎踉跄的步伐，仿佛通往门槛的路被一百扇门挡住。

门关上。我巡视这房间：墙纸再次布满死气沉沉的带棕色花边的蓝色斑点；窗玻璃上溅满碎冰；桌子上躺着我的公文包，里面塞满假签名。那些细微人儿在哪里？他们是不是变懒了，在岗位上睡着了？不可能！我抓起放大镜查看桌上的纸张：无论往哪里看，都能看到一群群灰尘般大小的小人儿。我感到一阵欣喜，但很快注意到那些细微人在奇怪地焦虑、担忧着什么。我凑近看，看到他们全都——一群一群的零星点——聚到同一个地方：桌子边缘。我将放大镜凑近：在一个直径二到三毫米的湿点里（很可能是被桌布吸收的一滴水渍），躺着一个四肢展开、纹丝不动的细微人。我凑近些看——我指间的放大镜突然开始颤抖：在潮湿的黑布纤维之上躺着的正是细微国的国王，他死了！如今一切都清楚了：很显然，出于善意和对我的厚爱，国王想亲自照看我的幸福，在决定性的那一刻安坐在我的一根睫毛上——结果被一滴眼泪冲掉，淹死在咸水里了。

我再次拿起放大镜：越来越多的人群聚集在那具肿胀的发蓝的小尸体周围。我的纸页在从各处飞奔来的细微人的侵袭中下陷，沙沙作响。不祥的窸窣与受惊的脚步声越来越大，惊慌而愤怒的细小人群包围了我。我抓过一个镇纸，在桌子上方举起它。我立刻看到这较量纯属徒劳：毕竟细微人到处都在——在我眼睛、耳朵里，可能还在我脑子里。想全部消灭它们，直到最后一个，那得击碎我的脑袋才行。放下镇纸，我跑向门口。打开门。是的，我，一个六英尺多高的愚蠢的人，正逃离看不见的细微生物。

一整夜，我都在空无一人的大街上游荡。我也在放空自己，我能感觉到那空无。黎明唤醒了街道，也唤醒了我。我想起我的誓言："如果我，知情或不知情地……"房子开始在我眼睛里摇晃。我迅速回到家里。

我的房间安静又空荡：是的，当众多细微人想要复仇时，他们做的不过是遗弃那个罪人。足够了。凡是同他们相处过的人——哪怕只是短暂的——又如何能再离开他们呢？

镶着褐色边的莲花终究只是图画中的生命，而那些冻结在窗玻璃上的星星或迟或早终被太阳融化。

我一整天都在工作，写作。快完工了，这篇文字将被塞入我的公文包。我将进入一个空虚的黑匣子：它会咔嗒关闭——那里没有太阳，没有主题，没有伤痛，没有幸福，没有谎言，也没有真相。

1922

出局的棋手

据《每日电讯》报道，二十世纪某一年的十月十三日下午五点，在国际象棋巡回赛第四轮比赛中，爱德华·彭布罗克先生在黑斯廷斯①国际象棋俱乐部的大厅里去世。如果我没记错的话，《爱丁堡评论》的讣告称他是"一位精力充沛的公众人物，在政治上前途无量，然而为了国际象棋，他放弃了政治"。《爱丁堡评论》的结语是："这位逝者以政治斗争的宽广舞台换来方寸棋盘——**他弃绝行动转而行棋**（黑体是我加的）。"

他是猝死的，当时五十三岁。医生很难确定他的死因。

然而，对于那些与爱德华·彭布罗克先生交往密切的人来说，这件事很容易解释：彭布罗克死于一场对局中的最后一步棋，尽管这步棋走得多少有点儿出人意料，顺便提及，该场对局并不如《国际象棋快报》所报道的那样在下午四点半开始，而是要更早一点……无论如何，正如专业杂志经常指出的那样，这位已逝选手的棋路总带着某种特别癖好，以

---

① 黑斯廷斯（Hastings）：英国东萨塞克斯南部海滨城市，近多佛海峡。

自相矛盾的倾向而著称。

用象棋棋盘的符号表达出来，彭布罗克先生的历史如下：

1. e2—e4，e7—e5

2. Ng1—f3，Nb8—c6

3. d2—d4，e5：d4

4. ?

数字符号不太容易唤起想象，用所谓的"词语"来表现这段历史就不一样了。

第一步

e2—e4，e7—e5

那里有二十位参赛者。他们对称地坐在狭长的棋桌两侧，二十个人都在沉思。他们的鞋底压在木地板深色、浅色的方块上，他们的瞳仁被浅色和深色的棋盘方块吸住，凝神不动。

狭长的棋桌和它们的棋手，以及光滑的黑白漆面雕刻微型人形——全容纳在一个狭长的大厅里，连窗户也嵌在狭窄的长方形凹槽内。

不时会有一只手从白袖口里伸出，在桌子上方抬起——时而此处，时而彼处——无声地移动一个木头人形：

第二步

Ng1—f3, ……

彭布罗克先生坐在长桌旁的众棋手中间，他们都朝着棋子俯身。他执黑子，心绪不佳。

走第一步棋时，他朝着透明的长方形玻璃外瞥了一眼：一个冰封的花园，光秃树枝相互交错，就像有谁把一幅巨大的梦幻之城的地图压在玻璃窗黯淡的微光上，那是一张大街小巷和死胡同交织的复杂的网。

他的棋局状态不佳。一个不祥之兆困扰着他的大脑：预感到无可避免地要与某个长久寻觅的东西——某个迷失了方向、四处游荡的幽灵近距离邂逅，或许就在那里，在那被摇曳的树枝蚀刻出的、不存在之城的红黑相间的街道上。

"可能是黄昏的缘故吧。"彭布罗克先生想着，下意识地向棋盘伸出一只手：

Nb8—c6

但此时，黄昏还有别的事要做——它不请自来，悄无声息地溜入大厅，先小心翼翼地触碰所有角落、轮廓和事物的边缘。黄昏安静地将它的灰手指探入壁檐、窗台、桌角，还有众人和棋子弯曲的轮廓，试图让他们心神不宁。但是，事物谨守自己的边缘、线条以及角落，抵抗着黄昏。然后，黄昏的灰色肌肉收缩绷紧，它那灰烬般的细手指更猛烈而顽固地抓住那些轮廓和边角。一切紧固的都松弛了：扔下众多线条、突起与平面，事物的形体时隐时现，轮廓开始摇摆，角落分崩离析，线条解放了，物体开始流动，静静地相互渗透。它们不再存在，仿佛向来如此。

"他们为什么不给我们点灯呢？"这位棋手恼火地想。

第三步
d2—d4，……

黄昏如此回答。推过来一枚卒子，动静几乎不可闻，微光向着微光挺近：白子向着黑子。

就在那时，这位棋手的思绪沿熟悉的窗户之城那狭长黑暗的街道曲折前行，停在十字路口。

"如果我接受兑卒，那么 e8—g8 这片区域就会敞开……我可能会失去王车长易位的机会……但如果 Nc6 : d4，那么……"

穿过了几百个十字路口，俯视了一打死胡同后，他的思绪停在一个入口。以迅疾的掌击，这位棋手按下椭圆计时器上的钢旋钮——那两根指针之一停下来。他小心地拿起 d4 方块上那片雾蒙蒙的白光，将那白光扔进盒子：木头般呆钝而死沉的撞击声。寂静。

他此时用右手拇指、食指和中指拿起己方 e5 位上的小卒的圆头，迅速挺进空荡的黑方格：

……，e5：d4

出棋之后，他的手指开始放松。就在同一时刻，彭布罗克先生的身体不自然地摇晃起来，向着棋盘倾斜，似乎想要更近地观察这场比赛，半松开的手指垂落，软绵绵地在桌缘上敲打。走这最后一步棋时，彭布罗克先生已预估了这场对局若进一步展开将出现的各种变局——除了这似乎完全不可能的一个。彭布罗克先生没有想到，就在那一瞬间，在他的手将卒子放在易受攻击的位置上然后撤回之时，他的灵魂，也即彭布罗克先生的灵魂，跌出了他的大脑，无声地沿着他的胳膊滑落，从他的脑子滑到手掌，从手掌溜到指尖，从他松开的指尖落到那枚微光闪烁的黑卒的小脑袋上。

明亮的光芒自结霜的枝形吊灯上溅开，驱散暮色。

"好吧，是时候了……"彭布罗克先生如释重负地想着，他至此还不知道发生了什么。他抬眼看去，被一个无法理解的新世界弄得眼花缭乱。熟悉的大厅里，熟悉的墙壁、角落和线条——全都消失了！就像被什么神秘手法扫出了视线。的确，他视线范围内的一切仍是同样的、深浅相间的方块木地板，但奇怪的是，它们的线条怪诞地延伸得奇长无比，同时，它们异样扩展的表面撞入一个突然变成方形的地平线。桌子消失了，吊灯骤升至天空。而墙壁……墙壁变成了什么？仍然认为自己还是、并感觉自己还像一位著名象棋大师的卒子彭布罗克，一下子不知所措了。这是个梦吧。从各个方向凝视着他的是一系列可怕的方尖碑状建筑，它们的线条、饰齿、浮雕发出黑或白的微光——无人知道它们为何、如何以及被谁——围绕着一个四壁无墙的大厅的巨大黑白木地板排列。

"我真的睡着了？在一场对局的中途？"这位卒子感到诧异，试图再次成为象棋大师。醒来吧。没用。幻影并不减弱。奇怪的是——时间似乎绕开它们而行。分秒在变，但在分秒之内，并没有变化发生。黑白方尖碑一动不动地站在它们的黑白方块上——不可摧毁——沉默无声。就连它们投下的黑影也一动不动。

前彭布罗克目不转睛地盯着这片石化的幻影森林，带着某种预感，他渐渐从那些形体中辨识出一些已知或熟悉的东西，虽然呈现的视角非常奇特。模糊的回忆向他低语。他绷紧的思绪又滑过了一秒钟、一分钟、一刻钟，时而拥抱、时而拒斥那些被遗忘的亲熟——突然，彭布罗克先生明白了。一种非人的恐惧慑住了他——自那颗小小的木雕脑袋传递到圆圆的绿色毡毛脚。然后同样突然地，一种反应出现——一种越来越木呆，一种又轻又小的奇怪感觉。

　　一点一点的，逻辑思考的能力回来了："如果这种事真的发生了，"这家伙推理道，此时它连自己是谁都说不清，"那么，我处于白方 f3 的马的攻击之下。我的处境很清楚。如果 f3 确实被白马占据，那么……"不久前还是棋艺大师彭布罗克的这一位，已习惯了享受独立与受尊敬的社会地位，此刻都不敢抬眼看它那小小的 2 英寸 ×2 英寸的边界以外，于是它移开视线——越过 d3、e3——看向左边，白方的 f3。就在那里，在众太阳的黄色闪烁里，这光先前被误认为是枝形烛台上的小油灯发出的，立着那匹苍白的马，它空洞的眼窝大张着，硬直的鬃毛竖立，邪恶的鼻孔张开，露出牙齿。直到此刻，这位卒子——棋手才完全领悟这场比赛的全景。曾经的彭布罗克，方才知道棋盘的逻辑无情。

　　"Nf3 ：'我'。就这样完了。这场比赛以一个卒子为代价。碰了就得走棋。太迟了。"

　　但是彭布罗克卒子化的那部分——它已化为木头，只知道一个方格内小小的 2 英寸 ×2 英寸的意义——突然在涂漆的雕刻的胸腔里激动，以木头心脏的所有怦跳抗议：你胆敢碰我一下！离我的 d4 远点！我想下棋，不想被下！停止比赛！

　　没人知道方尖碑和方格们是否能理解那块木头的语言：方尖碑和方格沉默不语。时间不多了。

1921

一个思想的一生和观点

1

这一思想诞生于七月，一个安静的下午。环绕着这个思想的是花园小径。树枝从树干探向天空。这一思想从思想家的瞳孔里凝视外面的世界，它看到：正前方，在交错的树枝栅格外，是一堵砖墙；它的上方是一块额骨的半圆拱形斜面。这个思想诞生于年迈的思想家站起身时。思想家从一条长椅走到另一条长椅，这之间相隔十四步，当他走到第十三步时，这思想诞生了。同时，也可以说他从思考的位置走向放有一块整齐的四折手绢的位置。这位思考者认为锻炼对他的健康大有益处，因此，在被冻僵于自己小花园的长椅上之前（手掌扶在膝盖上，前额向地面低垂），他总是把手帕放在另一张长椅的另一头，离他十四步远。然后，踱十三步，这位思想家刚好能够到他的手帕，但就在那个瞬间，这一思想升起——**我头上的星空和我内心的道德律**。他的手仿佛嵌入那个思想，悬在半空，而每一样东西——墙、树木、白方块手绢、太阳、大地、落叶、长椅——包括最后一缕光芒和闪烁，都从他瞳孔里跌落：只剩下思想家和思想，两者之间毫无遮拦。群星并不会在正午时分灰蓝的天空里闪耀，但此时，出于这一思想的意志，它们爆燃，在各自封闭的轨道闪耀翡翠色火焰。砖墙环绕荒芜的院落，黄色的小径盘旋交缠，又蜿蜒曲折着复位。花园的门深锁，令任何道德律的存在都显得多余，但思想家只是眨眨眼就冲破了花园围墙，将它抛向大地的尽头。他踏行在远远近近一团乱麻似的小路上——突然间，它们如卷轴般展开，变成条条轨道：宽阔的、狭窄的、如被人踩出的林中路，长满黑刺李——从咫尺间到无穷远。

这一切大约持续了十秒。

接着，星辰再次被灰蓝的天空遮蔽。花园的墙砖复位，而那些轨道则变成了驯服的小径，躺在哲人的脚底。

那块白手帕似乎要膨胀成一大块半透明的乳白色织物，但遭受了一击，皱缩起来，落回原来的长椅。椅子的木腿由于疯狂地冲向无限——继而又返回思想家的小花园——仍在微微颤抖。

于是，年迈的思想家迅速取回他的手帕，小心地用它擦了擦鼻子，坐回原位。

2

这一思想的诞生之初是它尘世生活中最好的时光：从思

想家头骨那宽大的骨穹顶下四处凝望，这思想发现自己置身于一个广阔的、精心构想并组织起来的世界观中。然而，当它从思想家微微抬起的眼皮下向世界眺望时，这思想畏缩了：在世界观里待着，比在世界上待着好多了。从那里，从那个世界，一个自地平线到眼前都挤满了事物的狭小空间朝它回望。此处，在世界观里展现的是一片澄明的开阔，它纯净、无染于事物，它让自己被完完全全地沉思——没有开端，亦无尽头。在世界里（至少在这儿，在墙上，在思想家眼旁），分秒绕着钟面走，桌上是一本摊开的《莱比锡万年历》，每人每次得到的时间不多于一秒。而在世界观里则是不知从何而来，以及向何而去的永恒。

难怪在手帕风波的两天后，当思想家坐在他的写字桌前，在这个思想面前，在两根蜡烛之间放下一张白纸时，它猛地缩回："我不想被写进字母里！"但这位老者继续自己的工作。这斗争虽短暂，但很激烈：这一思想不断从他的笔端滑脱，从词语里蠕动出来，混淆字母。老者不停地划掉它们，添加新的，直到最终用钢笔的分叉抓住这一思想，成功将它钉在纸上。这思想被写成一行可怜的黑字，躺在老人疲倦、湿润的眼前："让我回去吧。"

老人陷入沉思。他不想泄露这段话语。他的笔已经伸向那个思想，只须片刻，一道墨痕就可以把它永远藏起来，不被好奇的眼睛看到。但就在那时，墙上的钟开始敲十一下。这位思想家从不允许该时刻后自己还在那里坐着——晚一秒也不行。第一声钟响他就将钢笔放到一边，熄灭一根蜡烛，举着另一根，踏着拖鞋去上床了。与此同时，那个被字母固定成字行的思想，被独自留在黑暗空荡的房间里的一张纸上。左边的行首对着窗户，窗外是天空，这时的天空与这个思想并不矛盾——夜空确实群星闪耀。右边的行末对着房间；房间外面是另一个房间；在那外面是一个走廊；走廊外面是街道；街道外面又是一条走廊，一个房间，又一个房间，一个市镇。在这里，万物似乎都赞同着这个思想，因为这个小镇从来没有在夜里十一点抵达过如此高的道德高度，这个时刻所有房间连同它们的遮窗板以及所有的眼睑都闭着坠入梦乡了。矛盾虽然已被"消除"，但这一思想在那张粗糙的纸上从一个字母辗转反侧到另一个，不安了很久才睡去。

3

这一思想还没回过神来就被排字工抓住，被拆分入字母中。接着，它又被带有铅墨味、汗味和烟草味的脏手指捏着塞入排字盘。排字盘狭窄得不堪忍受。还没等它喘过气来，这一被铅化的思想就被猛地轧在印刷机上，涂上苦辣的黑油墨——被压盘猛撞。印刷轮轴从左滚向右——一次，又一次，再一次——老虎钳般挤压这一思想，它昏厥了过去。等它醒来，它发现自己又在一张纸上，然而却嵌在挺直的方形字母里。那张纸被折成十六个页面后被用胶粘成一本书，这书还装订了硬封皮。长久以来，这一思想被抛来抛去：从印刷厂纸捆到货车板条箱，从货车到仓库地板，又从那里转运到一个商店橱窗，从橱窗到柜台，从一只手到另一只手，直到最后，命运怜悯这一可怜的思想，让它站在一位大学讲师——约翰·施托普的书架上。很长一段时间都没有人碰它。这思想布满越来越多的灰尘和梦想：取代星空的是被书压弯的书架；取代一个道德律的（它以行动构建出现实），是书橱钥匙的两声咔嗒之后便无所事事的字母的联结。

后来，一切突然骚动起来：蜘蛛网被人扯断、消失了；受惊的尘埃四下飞散；一把裁纸刀匀速划过书页，把纸裁开。阳光刷地照射到那些字母上，一双眯起的眼睛浏览过纸页——从左向右，从上到下——接近了那个受惊的思想。

"幸运的话，它们会错过我。"它期待着。但是那双眼睛已经发现了它。一支铅笔沿右侧页边的空白处滑下来。它停下，石墨笔芯戳着纸页，显然已准备跳过去了。接着，那铅笔猛地抓住这一行字的左端（"星光闪耀"的那一端），开始把它从书页强行拖入一个笔记本里。躲在字母里的"星光闪耀的天空"试图抵抗，但那铅笔借由一颗星星以及它最长的一道射线抓住天空本身，它先把那些星星，接着把那道德律统统拖入方形笔记本。慌乱的思想进退两难，最终妥协，完全不知道即将发生什么。施托普用马虎的灰色字母裹住这一思想，皱着眉坐了许久，他的视线来回地戳它。直到钉死字里行间的那一思想，他才慢慢抬眼看向天花板。施托普正在**思考**——而对思想来说，一些不妙的事已然发生。忽然，群星闪耀的天空怪异地凋零，同死人眼睛般呆滞的众星辰一起陷落。星星沿对角线或平行线排列在一块四方形天空中——这天空很怪，像一间植物温室的天花板，上面缀满一排排昏暗的灯。与此同时，道德律已被施托普的颅骨压扁，不再需要不实用的易碎石板，它更适合写在公园里的锡制告示牌上：**"不可采撷花朵，不可践踏草坪。"** 你还可以加上**"不可贪念别人的妻子，不可践踏情感，不可扰乱幸福"**，以及两三句格言。顺带一提，每一句古老的"不可"都被一个"但是"支撑着。有备无患。

"但是我不是那个意思，"这一思想抗议道，"你误解了我……"

然而，施托普把他的博士论文《论社会法律关系学的某些前提》的草稿猛塞到笔记本下面，命令这一思想充当标题页的题词。

这下没办法了，该思想怯懦地碰了碰那四百多页纸张，站到指定的位置。它还在想：千万不要落入那些前提中。

4

它的磨难才刚刚开始。如今，它已很少忆起昔日自由地栖息在哲人高阔广博的前额下的时光。现在，它被生拉硬拽着塞入一个个颅骨，拘禁在低斜的眉骨下，只在很少情况下，它才透过昏花的眼睛看一看视野狭窄的世界，那里的事物被牢牢固定在方寸间。这一思想知道，那些视域的轮辐永不会转动，那些相互遮蔽的事物永不会开放出辽阔景象。此思想只能缩成一团，于这个或那个低扁头盖骨下空空如也的颅内深处，渴念最初的时光。

归家已无可能，这一思想以前的主人拒绝给它划过一道墨痕。如今，他已经进了坟墓，填塞他头盖骨的不是思想而是蠕虫。如果这一思想目前的主人仰望过天空，那也只是在下雨之前：该带上雨伞吗？的确，这一道德律常被以说教的方式长篇累牍地讨论，图书馆书架被大量伦理学书籍压弯。但研究"正当行为理论"的那些人实际上没时间去实践任何行动，无论对错。至于另外一些没时间做研究的人……就别问他们了。

这一思想先是落入引用狂人的手，他们大多是一些使用剪刀和胶水的暴徒：他们攻击某人的书，以刀刃剪碎它，随意剪裁字母。比疼痛更惨的是侮辱：引用狂人取走它的字母之身和页码，却毫不在意这思想本身。接下来是段落的编纂者，这一思想发现自己在教科书的某一段落中，甚至有点儿高兴了：眼镜片换成了一双双明亮而年轻的、瞳孔大大的眼睛，这让它觉得自己很有价值。

思想很高兴把自己献给在字母间跳跃的学生们的眼睛——它们常在它的字里行间逗留数小时。

然而因为教科书已被某部门正式批准，如今这思想住在一场接一场的考试里。

它单调乏味的日子开始了。教科书很快被涂污，开始卷边，没有一刻安宁。同教科书一起，这一思想被翻来翻去。学生会把它带到任何地方：公园长椅上、教室课桌上、食堂餐桌上。他们会在半夜唤醒它。他们把它藏在作弊纸条上。在热火朝天的慌乱的考试中，"头上的"经常被误写成"内心的"，或者反之，于是星辰在道德律里完全混淆了，如生面团里的葡萄干。"我弄不太清，教授先生。但我知道这是怎么回事，真的……"

哲人的这一思想并不感觉愠怒——青年就是青涩嘛。然而，一学期接一学期，经过十年、几十年，所有这一切令它感到压迫、失色。平日里，这一思想被拖来拽去，日渐褪色，被抄写、再抄写，被引文狂徒的剪刀摧残，被学生们的舌头弄得支离破碎，被推挤入笔记本和附注的极小字体里。思想崩溃了，想死。它那缩水的天空陨落了一颗又一颗星，它们褪尽绿宝石般的光芒。现在无星的天空大张着，如头顶上的一个大黑坑。而头顶的这黑坑只渴望着进入下面的大黑坑。

时间帮了个忙。自那位思想家去世一百年后，时间提醒人们……人们有一种美妙习俗：每过一百年就会想起他们的贤哲。但如何去纪念一位死者，再次埋葬他？那不大方便。他们决定在他旁边埋葬他的思想，他们在紧压着哲人遗骸的古老墓碑上刻下：**我头上的星空和我内心的道德律**。

这一思想躺下来，伸展成墓志铭的长度，烫金字母被深深地刻入石头，就如那个七月的下午一样引人注目，一样优雅。贤哲的小花园里的树枝不再能碰到它，它的十字架四周围绕着一片十字架。

在这一思想和思想家的头顶，常常有漫无目的的长篇大论：那些不思考的人滔滔不绝，说着无思想的空话。夜晚来临，他们就离开了——一把生锈的钥匙在古老的墓园大门的锁里转动。

他俩能再次独处了，就如很久以前那个七月的下午：思想家和思想。

1922

苍蝇大象

1

一只苍蝇的上方出现了一只手掌，一个声音吟诵："现在你是一头大象。"紧接着，钟面上的秒针还没能向前猛拉一两下，这事就……发生了：那苍蝇的小脚踝嵌入大象的脚掌，同时，它内卷的黑线般的口器伸展成一个巨大的灰色象鼻。然而，这个奇迹却有一种未完成性或业余性，是一种令人震惊的"非也"。如果有心理学家把他的眼镜戳到这只新的被大象化的动物的厚皮下面，就会立即发现，苍蝇的极微灵魂根本没有听到"现在你是"，那触到它的皮肤的奇迹并没有触及它的灵魂。

结果是：一头有着苍蝇灵魂的大象——苍蝇大象。

2

一般情况下，昆虫能适应所谓的变形。但这一次，当苍蝇发现自己置身于三千五百磅的身躯时恐慌得发狂了。毫无疑问，这就是童话里那个可怜的家伙感觉到的：他在自己舒服的小屋里入睡，但一觉醒来——按照仙女的意愿——发现自己在一座宏伟的宫殿里，巨大的房间里一个人也没有。在新的身体里游荡一会儿，这苍蝇已经累得半死，还迷路了，被无数的问题折磨着，它的灵魂痛下决心：

"生活不是玫瑰花床。大象也得生活，比我们这些苍蝇的生活强点儿。好吧，我……我怎能不是大象呢，哎呀！"

一切就这样开始。

3

这只昆虫用大象的仁慈眼神扫视周围，注意到一个摇摇欲坠的破旧的圆木小屋，一扇窗子还透出惹眼的微光。

"噢，来跳过那扇玻璃！"

随即它雀跃。咔嚓！那扇窗户粉碎，小木屋也散成碎片。

苍蝇大象只是扇动了几下耳朵：奇怪！

那时正是春天。一个漂亮仙子轻掠过草地，没有折弯一片叶子。仙子以温柔的手指抚平花蕾上的花瓣：花朵就绽放。桦树上茂密的叶子尽情地变绿。

"多可爱的一棵小桦树。"多愁善感的苍蝇大象感叹，挥动它欢快的足。纤细的树苗卷曲着，呻吟着，逐渐凋零的嫩叶低语着什么，然后枯死了。

四足深陷入泥沙中，苍蝇大象开始痛苦地思索。如果不是因为这笨拙的奇迹——它可能会被顺着低垂的象鼻涓滴而下的泪水淹死。

"不是这样，不是这样，不是这样的。"恐惧的心怦怦狂跳。为回应这心跳，两只缠绕在阳光金线里的微型薄翅，开始在蔚蓝的春日气息里震颤——这对翅膀，在这场奇迹发生之前，苍蝇大象曾热烈而温柔地爱过。

一瞬间，春天更有活力了；一瞬间，阳光强烈得仿佛两个太阳同时闪耀，象鼻擦干它的眼泪，向着亲爱的小翅膀伸过去。不仅是象鼻，整只苍蝇大象都在寻找过去的爱抚，将身体和灵魂紧偎在它的挚爱之上。一瞬间的喜悦……接着是战栗，它的眼睛因恐惧而睁圆，这只可怜又惊惧的苍蝇大象站在一个小黑点上，盯着粘在那上面的一对小翅膀。小翅膀抽搐着——一次、两次——不动了。化为大象的小生物的耳朵里，一只惊恐的小号怒吼了一声。这生物的灵魂开始沿着它巨大的身体狂奔，急欲突破那层灰色的厚皮。

"受够了！我想回家，回到原先黑漆漆的苍蝇缝里。"

4

后来发生了什么？那不是很有趣。搜遍整片大地，筛过这颗行星上一粒又一粒的尘埃，这只苍蝇大象最终发现了它那被沙尘淤塞的、狭窄又轻盈的家：它的旧居。

苍蝇大象开始往里匍匐：但是，唉！那裂缝用一种轻微的尖声叫喊，叫喊着，不让它进去。

直到今天，可悲的苍蝇大象仍站在它那老旧的、舒适的裂隙之上。它哪里也去不了：既不能去往开阔地带，也不能回到轻快的裂缝里。

1920

"历史的一页"

　　大学讲师海因里希·伊万诺维奇·诺尔德关上身后的门，以一只脚摸索着楼梯：一步、两步、三步。在他身后，低沉的话语蜂拥穿透那扇门。一个熟悉的声音似乎正与那些词语一道敲击紧闭的门板内侧——"历史的一页正在翻开，先生们……我们正见证一个事件……我们应该写下新的一页……一页……"大学讲师诺尔德迟疑了一下，在家里书桌上等待他的，是那些极普通的纸张，即他撰写的关于地役权的专著校稿。那才是他想要讲述的，但此时，透过那扇门……这位大学讲师走了四步，到了街上。众声喧哗被甩到身后。他前方，夜晚的街道安静躺卧，覆盖着蓝白色的月光斑点。

　　1917 年 3 月末的那些夜晚（记得吗？），风很大。诺尔德走着，小心翼翼地踩着月光下白茫茫的平地，听着春风的沙沙声。仍旧光秃的树木俯身于一排篱笆之上，将蓝黑的影子从树枝摇曳到地上；那些影子在他脚边平坦的白色路面飞掠，如钢笔在一张巨大纸页上画出的墨水符号。一瞬间的平息。随即爆出一阵响声：先是在远处什么地方，然后越来越近，越来越响亮、清晰。他脚下的白色平面（"太奇怪了。"诺尔德想）仿佛在摇晃、战栗，所有的一切——紧贴他鞋底的地面、地面的黑蓝符号、上方的圆月亮、树木、墙壁、诺尔德自己（他不知所措地停下来，手杖也掉了）以及四周拥堵的房屋——这一切都在那阵怪异的震颤之后开始缓慢耸起，白色表面拱起，升向那未知的世界。诺尔德紧闭双眼。响起一阵——对这位长期与书为伴的人来说非常熟悉的声音——翻动书页的脆响声或窸窣声，但它仿佛被麦克风无数倍地放大了，越靠越近，以骇人之速向他袭来：窸窣变噪声，噪声变喧哗，喧哗成为飓风的咆哮。它就在这里，在他脚下怒号。诺尔德吓得不敢睁开紧闭的眼，唯有听着这一切，但他听得很清楚：房屋在空中翻滚，又落回它们的屋顶；人们被震出床铺与梦乡，尖叫着，被倒塌的砖墙压扁；教堂的铜铃短促地铿锵，复归于沉寂，埋葬在被毁的钟楼的乱石堆下；森林噼啪，一堆堆大树如被风吹倒、又遭巨人踩踏；湖水拍溅，溢出岸边；群山轰鸣，崩塌，山峰滑落。喧哗与咆哮。诺尔德快疯了，紧靠一堵墙，抓紧它的壁架和窗台，然而这堵墙也在摇晃，开始轰隆倒塌，带着所有的砖块砸向他，意识消失了。

先是一阵模糊的寒冷感。随后感到一块巨大的板从上面压着他。鸦雀无声，寂静一片。或许只有几秒钟，或许已是几个世纪，曾经是"诺尔德"的那一位委弃于一种奇怪的不存在感：**在这里——然而也不在**。就是这样。唯一古怪的是意识还存在：它显得有点多余。一个念头开始闷燃——然后熄灭，再次燃起：**为什么我，这个念头，还能存在**？在那之后，它的身体开始朦胧成形，慢慢加固：它的身体远远地躺在下面，被那块板压扁。

一开始，运动的可能性像一个幻觉。但后来一个念头出现：如果，那么。决心增强，愈加坚定，突然间，在平板与身体的接触点上，不可思议的事情发生了，仿佛某种重量的交换：那块板变得越来越轻——身体越来越沉重、密实。平板摇晃，突然滑向一旁，让被压扁的身体恢复先前的三维形状。一道苍白的光跃起。在哪里？一只眼旁。谁的眼睛？诺尔德的一只眼睛，是的，海因里希·诺尔德……对，大学讲师海因里希·伊万诺维奇·诺尔德。原先被倾覆的垂直物体正努力挺身，恢复原位。大学讲师诺尔德也试图用胳膊肘撑起自己：四周矗立的房屋悄然无声。诺尔德动了动手——碰到一块木头：一扇粗糙木板制成的遮窗板正压着他的头和胸膛。它从哪儿来的？诺尔德抖掉遮窗板，四顾，在几扇用木板封住的窗户旁边，闪烁着一扇裸露的窗，显然是它的挡板被大风刮落后砸在他身上了。

诺尔德吃力地站起身，双腿微微颤抖，从地上捡起自己的手杖，用它戳了戳那无辜的木头窗挡。

"一场惊人的幻觉。"他嘟哝。如今事情都清楚了，除了……诺尔德再次四下察看：一切都静悄悄的。除了某人的脚步声从远处临近。地面仍白光闪烁，像一张被月光漂白过的巨大白纸，那开阔的纸页上洒满了墨迹和奇怪的、舞动着的黑影符号。

"一个罕见的幻觉案例，"此时变得勇敢些的大学讲师说，"我在什么地方读过——在拉撒路①那里——这类现象。如果我没记错的话，在他那部《关于……的研究》里。"诺尔德大步走下白纸页，鞋底小心翼翼地踩在那静止的表面上。

此时，一切对他来说都很清楚，除了……

1922

---

① 莫里茨·拉撒路（Moritz Lazarus, 1824—1903）：德国哲学家、心理学家。

上帝死了

1

在那久远的 19 世纪，一位备受嘲笑的哲学家曾经预言的事发生了——**上帝已死**。

一种预兆在颂圣天使的队列里阴燃了许久，突然间炽燃起来。六翼天使麇集的圈子里早已开始絮絮私语——低语伴随翅羽的窸窣——谈论那无可避免之事。但是没有一位天使敢抬眼看一下。一种空虚升起，如一个爬行的黑洞，在他所在之处扩散着，席卷空间，将大批恒星与行星抛入巨大深渊。虚无冷冻了上升的翅膀和被羽毛覆盖的胸膛，以黑色爪子无声地沿着世界椭圆或环形轨道步步推进——但是没有一个天使敢抬眼看。

有一个小天使，名叫阿撒兹勒，他说：

"我想看看。"

"你会毁灭的。"其他天使小声说。

"你怎么可能毁于一个已经毁灭者之手呢？"阿撒兹勒回答，他张开翅膀。他望过去。

阿撒兹勒的恸哭响彻宇宙："上帝死了！上帝死了！"

天使们向着万有中心的中心转过脸，凝视那里，虚无张开，如一个黑暗深渊：

"他死了……亘古常在者死了。"啜泣声从一位颂圣天使传到另一位，从一颗星传到另一颗，席卷一片又一片大陆。同时，小天使阿撒兹勒张大瞳孔，眺望远方：没什么改变。瞬间旋接瞬间。一切如常。没有一颗星的光束在颤抖，没有一个轨道滑脱其椭圆。

泪水在阿撒兹勒美丽的眼中颤动。

2

托马斯·格雷厄姆拖着居家鞋，慢吞吞地走向书橱。他走近它的玻璃门时，清晰地看到一张熟悉的面孔——衰老，胡须剃净，布满皱纹，眼睛眯着——掠过光滑的橱门，然后消失了。侧旁的倒影后面，是五颜六色的闪烁微光的书脊。格雷厄姆先生的眼睛扫视那些书脊，没发现他要找的那本。他记得很清楚：那是一本绿色书脊、烫金标题的小书，被倒置后的书名的首字母应是 θ 。

他茫然地摸摸两三本书粗糙的脊背：那绿色烫金书脊无处可寻。格雷厄姆博士以失望的大拇指的指甲揉揉鼻梁：它能去哪儿呢？

格雷厄姆博士是伦敦历史学院宗教偏见史的荣休老教授，一个非常古怪的人，他在困惑、失望的时候，喜欢使用过时的古语。这就是为什么当他再次抚摸那些书脊时，嘀咕道：

"只有上帝知道它去哪里了。"

但是上帝并不知道格雷厄姆博士的书不见了，特别是这本。他已经死了。

3

布鲁格先生坐在格林尼治天文台（编号为3a）的一间圆形小观测台内的一架光度仪前，急于完成一项繁琐的测试，计算天蝎座星光总和。他将折射式望远镜内十字准线对准翡翠白的 β 星，左手转动校准旋钮，右手迅速按下一个金属按钮，发条驱动立即呼呼转动。

四周寂静无声。布鲁格先生将眼睛凑近接目镜。夹子咔嗒一声：他的视野中出现了一个电子亮点。此时他只需要转动一两次望远镜的微米旋钮……这时奇怪的事发生了：那颗 β 星消失了。他桌上的灯还亮着，但那颗星熄灭了。

布鲁格先生保持冷静，他想："一定是发条驱动。"但那根绷紧的垂直钢丝正匀速带动小轮子同频转动。布鲁格又怀疑镜片，向后靠在座椅上，裸眼盯着观测台滑开的圆顶上方

那片漆黑的夜空区域。"α 在那里，γ 也在，δ 也在，但
β 消失了。"布鲁格大声道。他的声音回荡在空无的观测台
内，听起来有些沉闷而怪异。他将台桌上的灯拉近些，仔细
检查星图："β。"多奇怪——就在那儿，却没有了。布鲁格
瞟了一眼手表，在星图的边缘记下：anno 2204.11.11.9：11
β Sco/†/obiit（2204 年 11 月 11 日 /9：11/ 天蝎座 β 星 / 卒）。
他戴上帽子，关了灯。他在黑暗中站立了很久，努力想弄明
白。然后他就离开了，平静地关上身后的门：爱德华·布鲁
格先生的手一直在颤抖，以至于没能立刻将钥匙从锁孔里
拔出。

4

这件事恰好与 β 星的消失同时发生，分秒不差。

著名诗人维克托·雷尼尔正在一个绿色灯罩下写他的长
诗《人行道与轨道》，字母从他笔端雀跃而出。诗的韵律非
常和谐，其规则的节奏正催眠他的大脑。雷尼尔的长脸愈为
生动鲜明，且涨得通红。诗人的愉悦是断续的。这是罕见而
炽热的幸福降临，然后突然——见鬼——他的大脑被轻撞了
一下——所有诗韵消失无踪，从第一行到最后一行，仿佛被
扫入了虚空。的确，什么也没改变：所有东西都待在原处，
就像先前一样。但一切事物都显得空洞：像是有什么人快速

猛拉一下，就从字母中抽走了声响，从光线中抽离了光，只给他的眼睛留下僵死的轮廓。一切皆如往常，但一切都已**不复存在**。

诗人瞥向他的手稿——字母，从字母到单词；从单词到诗行。这里漏了一个冒号，他加了上去。但他的诗在哪里呢？他环视四周：胳膊肘旁是摊开的书籍、手稿、绿色灯影，再远一点是长方形的窗户。一切都在原位，但同时又不在了。

雷尼尔把手掌压在太阳穴上。他的脉搏在手掌底下抽搐。他闭上眼睛，瞬间明白：没有诗歌了。再也不会有了。永远不会再有。

5

如果 2204 年 2 月的报纸已获悉上帝之死，那么也极有可能没有一家报纸会对这一事件置评两句，即便是三十二页厚的《中心要言》。

"上帝"这一特定概念早就不在人们头脑中了，它已从想象中被根除、消灭。因为没有必要，清除神性崇拜委员会已经将近一个世纪都没有活动了。不错，历史学家记录了20 世纪中期以及 21 世纪初期血腥的宗教战争，但这一切在很久以前都已消退并平息。科学家们发现，甚至还以显微镜捕获到一种特殊的"信仰球菌"——它吸食神经细胞中的脂肪性物质，其活动能够解释"信仰疾病"，即古老的宗教狂热症，此狂热破坏了大脑与世界之间的正确关联。这一观点虽然遭到诺伊堡神经心理学派的质疑，然而大多数人接受了信仰球菌的说法。

那些因信仰上帝而患病的人（这样的人越发罕见）会立即被隔离，并接受特殊治疗——磷注射，直接注入大脑。治愈比例达 70%～75%，而其余的人，即抗拒治疗针头的人，所谓"绝望地希望着的人"，会被囚禁在一个名为"第三圣约岛"的小岛上，没人知道是谁、为何起这个名字。在岛上坚固的高墙内，有一座为那些不可救药的信徒们建立的"体验教堂"：某些医疗机构遵循古老的以毒攻毒的医学法则，坚持认为信仰疾病如果发展为最致命和难以治愈的形式，就会倾向于自行消除，而一座结合了实验性崇拜的体验教堂只会加快这种自然解决过程。

体验教堂是一座宽敞的拱形建筑，天光从顶部进入，四壁铺满灰色条纹墙纸，上面画着十字、新月和莲花图案。室内中央是一块圆石头，上面放着一个香炉，就这样。

在阿撒兹勒失声恸哭的那一刻，患信仰疾病的人们正围着圆石头排列成几圈，在医生的监督下祈祷。他们沉默仁立，连嘴唇也一动不动。只有香炉里冒出的青烟才被允许微动。青灰色烟雾缭绕，如一根透明的线升起，仿佛升入天空，然而它开始摇晃，以浑浊的环状沉下来。突然，一声极其遥远、几乎听不见的哭喊从天而降砸到圆顶上，顺着墙壁滑下，仿佛坠落到地面，然后停止。医生们没有听到那哭声，只见一种恐惧让病人们的脸惊恐地变形，让队列挤成一团，发出呻吟、呢喃。接着，一切恢复原状。但是令医生们吃惊的事并没有结束：一个星期之内，那些病人们一个接一个离开了小岛，他们只是简短地说："上帝死了。"再也不多说一句。最后离开的是一位受人尊敬的虚弱的老人，他是那里的牧师，换句话说，是这座小岛的体验教堂里最后的使徒。

"我们都老了，"他说道，垂下头，"但我从未想到过，我会比他活得更久。"

第三圣约岛荒废了。

6

格雷厄姆先生发现了那本他想找的书。现在，他可以查看那句引言了，他记得是在第三百七十六页。格雷厄姆先生微笑着，弯起一根手指轻敲书脊："我可以进来吗？"他喜欢时不时与死者的孤寡思想开个玩笑。硬纸板门没有应声。于是他哗的一声翻开书到第三百七十六页：正是那早被遗忘的一行，它出自一位过气的作者。它这样开头："上帝死了。"格雷厄姆先生突然一阵激动。他啪地合上书，但他的情绪无法被关闭，反而愈为强烈。受这新的感觉控制，多少有点儿害怕的格雷厄姆先生仔细倾听自己：那些跳入他瞳孔的尖尖的字母似乎在震动，像涌入他视神经的一群愤怒黄蜂。他用指头摸索开关：灯灭了。格雷厄姆呆坐在黑暗里。那些四十层高的建筑带着一千个窗洞盯着他的房间。格雷厄姆先生闭上眼睛。但那狂怒之舞仍在继续："上帝死了——上帝死了。"他不敢动弹，痉挛地捏着手指。他觉得哪怕只是碰一下墙，他的手也会被吸入那虚无。接着，格雷厄姆先生突然发现自己的嘴唇在动，并清晰念出："上帝啊！"

那天夜里，取代万物的第一道黑色光芒从虚无中冲出，冲散众多翅膀的包围圈，抵达地球。

接着奇怪的事情开始发生。布鲁格先生关于天蝎座 β 星消失的简报被秘藏，然而推翻数字和公式的事实与日俱增——一次又一次，在子午线的瞄准器上，星星们不再按照预计的时间发光。在天秤座，突然爆发出一团翡绿的闪耀，映亮半个天空。星星正在燃尽，一颗接着一颗消失。为了掩盖事实，人们仓促编造一系列的假设。"奇迹"这一古老的词在人群中阴燃。电台企图消除听众的疑虑，预言大灾难很快结束。电子太阳悬浮在摩天大楼之间的电线上，以乳白的光束挡住没有星簇的空荡天空。但是渐渐地，附近行星的轨道也开始着魔般失控。望远镜伸出的众多镜头搜遍黑暗深渊，试图找到一颗闪烁的星星，但只是徒劳。地球四周，黑暗张开，一片漆黑。这一事件再也无法对公众隐瞒：那深渊——被数字驯服、轨道线标记的深渊——暴动了，驱散众星，废除轨道，甚至威胁地球存亡。寒冷的地球如今被永恒幽暗笼罩，人们藏在高墙后面，躲在巨大天花板下，眼睛寻找着眼睛，呼吸寻求着呼吸；但不请自来的第三者总会加入两人之间。人们只需避开视线——立刻，紧靠瞳孔——是那第三者空洞的眼窝；人们只需将嘴唇从嘴唇上扯开——立刻，黑洞覆盖红唇——是那第三者冰冷的嘴巴。

诗歌最先死去。然后是诗人雷尼尔——他用一支普通的钢笔在一小瓶氢氰酸里蘸了蘸，然后用笔尖刺了一下自己皮肤：这就够了。紧接着是其他人。但格雷厄姆教授继续用他的笔来实现他最重要的意图，他写了一本书——《上帝的诞生》。说来也怪，格雷厄姆教授并没有被囚到第三圣约岛上，到那年年末时，恰如以前那样，他的书已再版了四十一次。的确，那个荒无人烟的小岛本来不可能容纳此刻所有被宗教瘟疫席卷的人。那座岛仿佛在无尽地延伸它的岛岸，抱住整个地球，将地球带回疯癫王国。被大灾难吓坏的人们迷失在从灵魂和空间张开的虚无深渊里，颤抖的人群聚集在上帝的名字周围："这是对几个世纪以来的无神论的惩罚。"他们嗡嗡道。先知们指着已死的上帝周围那正坍塌的世界，在十字路口大喊："这些都是耶和华的神迹！""忏悔吧！""赞美造物主之名！"以其之"名"，神坛匆忙地垒起来。神坛上方建起拱门。教堂和神殿一座接着一座建起来，铸金十字架和纯银新月伸向黑洞洞的天空。

必然要发生的事正在发生：有上帝时——没有信仰；上帝死了——信仰诞生了。信仰出现是因为他死了。大自然并不"憎恶真空"（旧时的经院哲学家弄错了），而是真空憎恶大自然：哪怕将写满众神之名的祈祷文抛入那虚无，也丝毫扰乱不了它的非真性。一物只要存在，它的主格就顺从实体，它的名就保持沉默；一旦此物停止存在，它的名就会立即出现，敲开普遍意识的大门，它的寡妇——它的名，就会戴着哀悼的黑纱，乞求帮助与救济。上帝不存在了——这就是为什么每个真诚地相信和敬拜他的人都会说：上帝存在。

他们恢复了古老的秘教，以及古代天主教的仪式。他们推选出一个教宗，皮乌斯十七世。早已夷为平地的梵蒂冈残留的一些石头被从博物馆的基座取出，带回罗马的废墟：从这些上面耸立起大理石雕像，新梵蒂冈崛起。

为新的上帝之城封圣的日子到了，如果那还能算一个日子，因为永久的幽暗笼罩着地球；这颗被黑暗无星的天空吞噬的行星，仍被太阳衰弱濒死的余晖引领着，在它孤独的、最后的宇宙轨道上环绕。新神殿附近的众山头上，无数的眼睛聚集在一起，等候年老的大祭司在众人面前画出十字，宽恕他们死前的罪。

一个古老的轿子摇晃下大理石台阶，随后是一声颤巍的"in nomine Deo"（以上帝之名）横扫过人群。一只颤抖的手伸向黑色的天堂，送出祝福。十字架在旗帜之上跳动。一缕缕焚香升入天堂：但是天堂已死。成千上万的嘴唇跟随罗马城及全世界的教宗念叨那"名"，呼唤着上帝。成千上万双眼睛追随教宗的三根手指和焚香烟火，在死寂无星的黑暗之外搜寻着上帝。

徒劳。上帝已死。

1922

烟雾色高脚杯

"您也许愿意看一看古币收藏？钱币收藏家对此赞不绝口，或者……"

"你想让我从你这儿买一些早就失去购买力的钱币？还不如……"

"那就看一看我的微型画收藏吧。您得拿着这个放大镜……"

"那支高脚杯，你觉得怎么样——左边，架子上那个？"

"想看看？稍等。"

古董商将秃顶之上的黑帽子拉至眉毛，搬来一把梯子靠在架子上——那支高脚杯的玻璃闪着烟雾色的微光，一根细柄笔直立在柜台上。

"奇怪，它好像不是空的。里面是什么？"

"红酒，对一个酒杯来说正合适嘛。千年佳酿，强烈推荐。请允许我先把这只威尼斯穆拉诺茶匙上的灰尘擦去。"

古董店的访客兀自捏着细柄举起高脚杯，将它拿到窗前，他的眼睛透过烟雾色玻璃看到里面有一种深烟灰色液体，散发着柔和的红宝石般的光泽。

买家将高脚杯举到唇前浅酌几滴。那酒的烟雾色表面像睡着了，一动不动。他嘴里酸涩如被一百根针刺。

"像被蛇咬了，"买家说，把高脚杯推至一边，"我问一下，听说你这里有一套耆那教的小雕像，想看看……但是太奇怪了——被我啜了一口，你那个高脚杯里的酒却没有变少。"

古董商歉疚地张开嘴巴，露出里面的金牙。

"您知道，总会有人无意中撞到——至少在童话故事里——取之不尽的钱袋，饮之不涸的酒杯。"

"奇怪。"

"噢，'奇怪'这个词在我们的世界里并不少见。"

"你那支高脚杯卖吗？"

"如果是对的人，也许卖。"

"想卖多少钱？"

古董商从耳后抽出一支铅笔，在柜台上写了个数字。

"那超出我的能力了。"

"好吧。我划掉右边一个零。重要的是：对的人。把它包起来？"

"好的。"

买家走出古董店，右手拿着裹在纸里的高脚杯。一个人从他身边经过，那人眼里透出一层烟雾色，像戴了一副护目镜。一个人的肘部撞到他的肘，裹着高脚杯的纸底部渗出暗红。"酒洒了。"那人想，贴着墙面继续走，保护他买的物品不受晃动。

然而，当他回到家去掉包装后，那高脚杯还像之前一样满溢，尽管有几滴液体从细柄上滑下。

如今，这人拥有了永不干涸的酒杯，但他并没有立即品尝所购买之物。这一天悄然溜走，太阳坠入光焰。很快，昏黄暮色就变成那支高脚酒杯的颜色。他以右手手指将杯子举到唇边，酸涩的酒灼烧他的唇。他放下高脚杯——它再次盈满，红宝石般的酒汁舔着杯子金边。

这位一条腿的客人踩着它的圆玻璃脚走进一个古玩癖好者的生活，从一开始，它就举止斯文，几乎算个谦谦君子。他先抿几下，随后大口饮下酒液，酒立刻满至镀金杯沿。他熟悉各种变化：抿一小口，会晕晕地倦怠；再来一口，舌头像扎了毒针；第三口下去，大脑就陷入一张烟雾弥漫的深红色的网。对已经占有它的这人来说，高脚杯很快变成一盏"味觉灯"。借着它血滴般的光芒，这人不断阅读甚至重读自己的藏书，或在笔记本上涂画草图。喝得几乎见底时，高脚杯就瞬间溢满金边，再次将自己奉到那人唇上。那人一口痛饮……翻来覆去地把杯子的透明圆脚放到原处，而这殷红的滴液在他大脑里狂舞。思绪击打着思绪，迸发炽烈的火花。被饮尽的液体总会升起——就像貌似被暮色杀死、被黑夜埋葬的太阳。那人在昼光中喝，在月光下喝，在无月的夜里喝。杯子与他的牙齿叮叮相碰："再来点儿，再来点儿！"

　　一天夜里，那人在睡梦中打翻了高脚杯。第二天早上，他醒来发现整个房间都浸泡在暗红色液体里。那液体冒着酸涩酒沫，正爬上床罩的一角。房间的中央，一只孤单的拖鞋漂浮起来撞到桌腿上。楼下的邻居们上来查看发生了什么事：他们的天花板染上大块神秘的暗红污斑。那人把胳膊伸入没到肘部的酒池中，终于捞出那支会分泌酒的高脚杯。他把沾有酒汁的杯子重新立在桌上，杯里暗红的酒一下子蹿升起来，升到杯沿的金边。那人一饮而尽，开始收拾他的房间。

　　有时，在那人看来——特别是啜饮十口、二十口之后——高脚杯的烟雾色表面很像从一堆篝火中升起的玻璃状烟雾。有时，在那水晶杯的镶金曲线中，他仿佛看到一个恶毒的微笑，充满嘲弄和金质填料。

　　后来有一天，一个阳光明媚的日子，红色液体内有暗红火花在蹦跳——那人在放回高脚杯时，突然发现杯底有一道齿状线条，是个符号或字母的组合。然而，那些字符立刻被重新灌满高脚杯的酒淹没。那人又一饮而尽，想要看清消失的符号。但他还没来得及理解铭文的意思，深红的酒液就又覆盖了文字。他只记住第一个 α 字样的字母——那后面恍惚跟着十个或十一个字符。

"再试一次，"那人想着，又迅速喝干酒杯。在杯底中部，那行如一根细桅杆的词语浮上来，一瞬间后复沉没于红酒中，如一艘漏水的船。那人将高脚杯举到嘴边，有些费力地慢慢啜饮。那个词带着十一个波动的字母漂到他眼前，却被酒的残渣覆盖，那人无法理解他看到的。

从那天开始，眼睛与高脚杯开启了游戏，胜算比率显然不均等。经过两三回合酒精的刺激，他的大脑开始充满一层烟色雾瘴。现在，拥有了这段未读出之铭文的家伙极少踏出家门。他的窗台上有一指厚的灰尘，而窗帘从不掀开它们发黄的眼皮。烟雾色高脚杯的主人极少离开他的玻璃客人。只有一两次，他被目击正沿着堤岸行走，他的大衣歪歪扭扭，扣错了纽扣；他走着，对别人的鞠躬毫无回应，也听不到招呼。

一个满鬓灰须的男人弯腰驼背地走入古董店。有人给他好心端来一把椅子，但他仍站立着。

"能为您效劳吗？"

"你们有那烟雾色东西的复制品吗？"

"请再说一遍？"

"那烟雾色的高脚杯。我现在一贫如洗。不过你曾划掉一个零。记得吗？如果……"

"很抱歉，我从未见过您。街对面还有一家古董店。您一定是……"

"我没弄错。我认识那顶黑帽子，还有……笑容！"

"您在说什么？"

"我的意思是，'笑容'！对的：同样的金牙，同样诡异的咧嘴笑。没错。此外，我扔掉那玩意了，那个喝不尽的高脚杯，从圣斯蒂文桥上扔进河里了，那河水……这件事只能你知我知，否则……"

来客将手伸入自己的外套，掏出一个小瓶子。他拔掉毛玻璃瓶的瓶塞：

"第二天，我去河水里取了点儿样本。就在这儿。原来那个烟灰色的东西能把多瑙河的水弄脏，我是说把整条多瑙河染成血红色，对吧？顺便说一句，整条河现在都有点儿酸味。不相信我？尝一小口。不想尝？那么，我就要你……"

两人之间只隔着一个柜台。但这时，门上响起铃铛声，第三人走入店里。他身着一套整洁合身的警察制服。

"啊哈！"古董商高兴地叫道，大张他慷慨的金牙嘴。"您是来收税的？乐意效劳，乐意效劳……至于您，"他转向来客，后者手里仍拿着瓶塞，"您该去街对面那家店！古董坊——有黄黑色牌号的那家。您走错门了。"

那位来客皱着眉头拿走瓶子，小心地塞好瓶塞。然后他问：

"那些……门，是不是有很多个？"

古董商耸耸肩，警察只是抬了抬眉毛。

来客走了出去。

一两天后，同一家古董店的店主正浏览报纸，他无意中看到这一条："昨日，一个男子从圣斯蒂文桥上投河而亡……"

门上的铃铛打断了他的阅读。

1939

灰色软呢帽

1

在百货柜架上排列着的——如骨灰龛里的骨灰瓮——是一些白色圆柱体。商店售货员搬出一架梯子，跳上去——骨灰瓮中的一只就掉下来，硬纸板啪的一声落到柜台上。售货员吹去盒盖上的灰尘，将它掀至一边。

"就是它！"

在他指间翻来倒去、整理着的是一顶灰如暮色的软呢帽，帽冠上系着一条深色缎带，帽檐底下贴有一个白色标签。店员看到那位女士赞许地点头，就从口袋里掏出一叠收据，弹了弹纸页。

2

它不可被称为一个"念头"。它不像是一个念头，正如黄昏还不是夜晚，但每当这不成形的灰色印渍出现在他大脑褶皱里时，他的思想里就疑心林立，好比狗嗅到一只豺狼的气息。这灰色爬行物便总是选择他神经元里意识之光熄灭、树突枝条被梦境遮蔽的时机。这个前念头在他大脑最外层的褶皱里寻觅前进，寻不到一个避风港。

那天晚上，同样的事发生了。当时大脑的主人眼皮紧闭，灰色爬行物偷潜入他的脑子里，遇到一群来自遥远、遥远梦乡的流民。然后一个声音突然碰撞大脑，梦境于是散开，他眼皮张开。他以一只胳膊肘撑起身子，看到妻子那张脸——她脸上笑容绽放——在那笑容下，在她弯曲的掌间，是一顶灰色软呢帽。

"你肯定不想睡过你的命名日吧！"

丈夫伸出一只手，摸着帽檐那一圈。

"我告诉你多少次了！对那些成名的人来说，每一天都是命名日。但对于无名之辈来说，命名日就像送手套给没有手的人。你绝不能……"

"戴上试试嘛。"

"可能太小了。看见了吧？我这是脑袋，不是撑帽子的衣帽架。退了吧！"

那天早上，他的茶匙磕碰杯子的声音比平时大了些，旁边折叠的报纸仍折叠着。他看着黄色的茶水，眼睛底下愠怒的眼袋发黄——好像他的眼睛把太阳的余晖、未能完全看清的意象都塞裹进去了，如同猴子把没来得及嚼的食物塞进双颊。他推开茶杯，快步走到前厅。他的手指滑过衣架上的挂钩，没能找到它们想要的。

"见鬼！我的旧帽子去哪儿了？格拉莎！"

从另一个房间传来一阵轻快的脚步声，随后是一声：

"我奉命扔掉了。"

男人气恼地皱眉，从架子上取下新帽子。他再次大步走回房间，更仔细地查看他的礼物：柔软的灰色帽檐，有整洁折痕的毛毡帽冠，甚至还用一根丝带绕了两圈。然而，这顶软呢帽里好像有某样东西——尤其在它的颜色和形体里——使得他眼睛下面的眼袋颤动鼓胀，好像溜入了一个新意象，恰好在眼睛和大脑之间被截获。

男人手里拿着帽子，打开前门，台阶旋转着将他的脚步送下楼。

那块灰色印渍在他大脑边缘徘徊良久，此刻突然成形为一个念头，如一道闪电击打他的大脑。帽子从他松开的指间掉落。男人弯腰捡回帽子，还机械地用袖口擦了擦帽檐，然而他整个人都处在突然慑住他的念头的控制下。

在脚步声的断奏中，在夹着公文包的匆忙的肘间，他边走边想：为什么活着？

他的脚步带着他经过海报柱上盘绕的字母，经过被灰色轮胎分开的人群，穿过满是灰尘、叫喊、腥臭的空气，到处都是向帽子致敬的帽子，经过他的众多倒影——那些影子落在商店橱窗上，落在锡制的价签、橡胶套鞋和纸板箱上，落在人体模特上，他再一次琢磨：为什么？

这让人难以忍受。他体内的一切都在反叛，他所有的想法都奋起反抗入侵着的"为什么"。这念头蔓延，像泼在布上的硫酸。他感到自控力正脱离自己向它转移。一个路人的目光落到他脸上，那人停下脚步，警惕地盯着他的背影。他的前额被汗水浸湿。他试图克服这种脑力痉挛，让自己避开那些注视，便猛地戴上帽子并拉低帽檐。在那一瞬间，那念头——像丝线从针眼里滑出来一样——从他的意识里掉了出来。一切又突然中断，就像刚开始时那样。

3

那人恍惚地朝着各个方向看去，想找到一个解释；他看向周围的空间，看向"此刻"的后方与前方。他唯一没有想到的是，去看看他的帽子底下。

大脑的任何一段脑回，如道路的路径，都有它自己的事件之记录。思绪会沿大脑的灰色人行道行进，时而是三段论的一部分，时而反射自身；有的被意义的重负压弯，有的则高高昂扬，如空空的玉米穗。一个挂在电话线上的人，他脑子里的念头也整天挂在联想的细线上，联想相互交流。有些想法独自生活，像隔绝于神经元中的隐士；有些在大脑的脑回中窜来窜去，要求完成自身。夜晚来临，这座被颅骨覆盖的大脑城进入梦乡。树突梯级一个个地撤回。所有念头都沉睡了——只剩下梦作为守夜人，在大脑空寂的脑回中逡巡。

随着清晨来临，光芒也在头脑内破晓。想法们从它们的神经元床起身，把这个主词与那个谓词相搭配。逻辑开始做早操：小前提跃过大前提，大前提跃过结论。这醒来的世界观寻找一切对它来说有价值的东西。

至于暮气沉沉的**为何活**，如何在那一瞬间走入颅骨下思想世界的广阔的思想之光里，这就不难想象了。**为何活**往前走，拖着自己羞怯的影子，竭力避让不悦的联想。但这些联想立刻注意到他，咬紧自己的意义，紧盯着他为何活的姿态。有的狂吠："抓住他！"有的说："为什么**为何活**就该活着？"想法们成群结队地跟在**为何活**后面，猎犬般追随他的脚步。他正要奔入一个脑回，几个充满敌意的联想手挽手出现。**为何活**加快脚步。然而他与追捕者之间的距离在缩短。他开始奔跑。思想暴徒们步步逼近，威胁着要赶超他，把他从思想中抹去。打起最后一丁点儿力气，**为何活**躲入一处荒寂的脑褶，一路奔到头骨墙边。追逐还未消停，他还能听到那些想法带刺的脚步在逼近。他必须决断。在前方的颞墙上，有一道头骨裂缝。**为何活**挤入那缝隙，从另一侧跳出来。他眼前豁然出现那顶软呢帽的内衬，其黄色皮革紧套着那人的太阳穴。气喘吁吁的逃亡者跳入毛毡和皮革之间，一动不动，谛听那人颅骨内的动静。

这场追捕在他身后某处，即前颅墙的遥远一侧终止了。**为何活**安静地坐在他的庇护所里。在思想的漫游史中，以下这回事从来没有发生过：急难迫使一个念头从大脑移到它的外围，从头部移到一顶帽子中。

4

他的妻子是不忠的典型，有一个典型的情人。那位情人穿十七号领衬，上臂围十五英寸。年轻时，他的思考多少还算均匀地散布在神经系统中，但后来就收缩到第四与第五腰椎间，正如我们所知，那是控制性冲动的部位。这位情人认为，女人的区别只在于她们衬裙的颜色，而在幽暗暮色中，无论如何，她们都别无二致。他与幽暗是好友。当经过无数次的拥抱，从前厅的某处传来一把钥匙的摸索声时，这位情人便潜入最阴暗的角落，寻求幽暗的帮助。经过半开的门，在极近处，传来熟悉、沉重的脚步声。向右转，另一扇门砰地关上。整了整衣服，这位情人踮着脚尖来到前厅，交换一个无声的吻，然后从衣帽架上取下他的帽子。匆忙之间，他没有注意到那顶帽子是她丈夫的。在他左手的拇指和食指间，那顶乖乖的灰色软呢帽摸起来有点粗糙。

5

这位情人漫步在沉睡的城市街道上，用帽子为自己扇风。碧星在夜空眨眼：通往生活的路清晰可见。

他的胸腔轻松地吸入黑色空气。他在想：没有意义的生活真不赖，我和一位女士共进晚餐真不赖，与此同时，家里桌子上还有火腿和一瓶伏特加等着我，有身居高位之人替我们这些不需要思考的人思考真好啊。他向前看去，迎面而来的是一座拱桥。城市半夜的灯火想溺入河中——却不能，河水与风不断地在黑色涟漪里上下抖动它们。他来到拱桥中央，倚着栏杆。他感到从上方落下几滴雨。他得戴上帽子。瞧，他戴好了。

为何活感到热乎乎的人类头骨压在他临时住所的皮革上，顿时骚动起来。该死，他并不适应颅外的严苛考验。他想念大脑的温暖，它果肉状的灰皮质，思想脑回里舒适的沟壑。**为何活**吃力地爬出他的皮革藏身处，跻身穿过那副顶骨的骨缝，偷偷跃入这位陌生人的大脑。

有些大脑是心智中心，在意义永明的刺目光束下始终保持警觉，它们的脑回纵横交错，如纽约的大街小巷。另一些人的心智安静许多，但很勤奋，像个小渔村。他们喜欢慵懒的停歇（笛卡尔每天睡十一个小时），但一旦醒来，就会向真理撒下渔网，耐心等待捕获。还有一些用旧的心智，已然腐坏；在耗尽思想存量之后，它们便沉入忘川的沙泥，成为博物馆式大脑，里面罕有观光客。那位戴上别人帽子、戴上别人皮革衬里的**为何活**的这一位——他的大脑就是这种情况。错过了先前主人的大脑，**为何活**跳进另一个人的脑袋，立刻开始——以一位真实游客的激情——在它最隐秘的死角里四处乱逛。每个神经元、每根神经纤维和丝状体上，都留下**为何活**的踪迹。此时，那人紧握桥的栏杆站立，面对着一半沉溺于水中的灯光。在他前额和帽子间，冷汗滴落。"为何活着？"从他的唇间脱口而出。此人的身体倚得更低了，更低——水面的灯光分离、飞溅，算是对这几个词简短而冷酷的回应。

6

住在这片地带的人都爱科德维茨老爹。他是个守夜人，还是下游六公里处的信号员。与昨天和前天一样，今天他随着第一缕橘色晨光起床，将鱼竿扛在弯驼的肩背上，步履艰难地沿着沙土坡走向河堤。作为信号旗的红白三角旗已在 γ 状旗杆上就位。科德维茨将虫子挂到鱼钩上，抛入仍在沉睡的清晨的河水中。一条小鱼戏弄着死亡，轻轻拉扯浮子，然后潜入深水处。一艘城里来的汽船会在二十三分钟后抵达。科德维茨弯腰检查鱼竿上的虫饵。第一个正常，第二个也是。第三个——见鬼！——被卡住了，渔线如吉他弦一般紧绷。老人猛地一拉：某个灰色的圆柱状的东西，带着高高的顶部，向他漂浮过来。十秒过后，科德维茨吃惊地摇摇头，认出鱼钩上挂的是一顶湿漉漉的灰色帽子。噢，我的神啊。

7

守夜人科德维茨有个习惯，每逢星期天都会去当地酒馆喝上几口啤酒。当然，"几口"不能字面地理解。从泛起泡沫的啤酒里爆出喋喋不休的往事，马克杯友情叮当碰撞，连那烟斗里冒的烟都想升天，侍者的脸红得如他那红色印花围裙。

这一次，"老爹科德维茨"受到了特别隆重的款待。十几个啤酒杯恭敬地举起欢迎他。这荣光是荣光获得者给自己准备的：那顶来自城里、由河水送来的灰色软呢帽已晾干并仔细熨烫过；老人一路上用软薄绸包着这顶帽子，此刻，它以闪亮的石墨色缎带、优雅的帽冠折痕、灰色丝系带装点着老人灰白的头。

那天，啤酒轻快地汩汩流入漏斗般的喉咙。灰色软呢帽拥抱着老人的太阳穴，专注地倾听人们祝酒碰杯的叮当声。老人一边喝，一边回应笑话和祝贺，但他每喝一口，心情就沉重一些，也更加难以理解自己。

问题是**为何活**引起的。他从溺水者的大脑跳入那顶帽子里，浑身湿透，瑟瑟发抖，像一个从沉船跳到救生艇的人，他多么渴望人类温暖的血流和一个颅内庇护所。当帽子在脑袋上刚刚压好，他就溜入老人那多孔隙、硬化的大脑，开始在里面筑巢。

如一个遭瘟疫的小村庄，老人的脑子里只有一半居民——一些稀疏病弱、领抚恤金的思绪。它们领受着微薄的赞许和后背上友好的拍打："说得对，老家伙！"或者："再讲给我们听听！"但它们必须拄着逻辑的拐杖，一瘸一拐地溜达。一看到**为何活**入侵进来，那些老迈的神经元就躲入脑洞，任由他控制整个大脑。

郁闷的老人推开他的啤酒杯，对各种挽留充耳不闻，抛下欢快的人群，在夜风温暖的扑打中走回家。他从额头上取下紧绷得难受的帽子，嘟哝道："为啥活着？"

早上，从城里来的汽船到达，没有像往常一样看到信号旗闪动。老爹正吊在小木屋的房梁上，头伸在套索里。他的脚下，是在死亡痉挛中被踢倒的凳子。

8

再过六天，就是曼科·科德维茨十八岁生日。他太需要这六天了。科德维茨有一个未婚妻，但若想在生日前同她结婚，哪怕是提前一天也不可能。

科德维茨一字一顿地识字。不过，一封来自大城市的电报上的字很少（科德维茨从未去过任何一座城市），他看懂了那几个字的意思。意思很简单：他的叔叔死了，他是那座城市附近的一条河流的看护人，科德维茨只模糊记得已故的母亲提起过他。他，科德维茨，得去那座城市接受一笔很小的、但很出乎意料的遗产。科德维茨用他不太灵活的脑子估量着：用那笔钱，他能建一座小圆木屋，买一头牛或一匹马。所有这些会让他在新娘父母的眼里更有分量。那天晚上，科德维茨就乘火车出发去那座城市了。

每件事都很顺利。科德维茨拿到了钱，立刻塞进衬衣内的小口袋，并把已故叔父在公共门房里的一点财产卖给一位邻居。每件事都有条不紊。回程火车将在一个半小时后发车。他在离开时，最后瞄了一眼这间安静的门房，于昏暗暮色中，他注意到角落里的木钉上有一顶灰色软呢帽。他把它从木钉上取下，出了门，并掩好身后的门。

起先——还在城里时——他手里拿着那顶帽子。有两三个路人停下来问："帽子要卖吗?"科德维茨于是改变了对这份遗产的态度。他摘下自己那顶油腻腻的帽子，塞入口袋，用那顶时髦的城里帽子盖住自己柔韧蓬乱的黑发。为什么不呢! 科德维茨走向火车站，愉快地吹着口哨，脑袋后仰。但他每走一步，**为何活**在他的脑子也走一步，一种铅般的沉重感降临这小伙子的大脑。他只有简单的乡村大脑。正如一个村子里的圆木屋都散落在同一条路旁，这孩子一条道儿的心思也如此蔓延。这些心思只关心一件事: 他的新娘。但此时，无论怎样回想，他都想不起她的模样了。在她与他之间，**为何活**伫立着，做出最丑恶的鬼脸。科德维茨买了一张票，机械地登上一节车厢，在木椅上坐下来。

在他旁边，紧挨他的肘，有人正悠闲地解开绑箱子的绳索，另一人正用嘴唇从一根长烟斗里喷出短促的带鼻音的噗噗声。科德维茨对面的一个面容和善的妇女点头说道:"小伙子，那真是一顶好帽子。"这时，一位正用瘦骨指头在自己黄白胡子里抓挠的老人啐一口:"这娃儿给自己扣了顶高帽。"科德维茨没注意到火车轮轴开始转动了。一种蛇样的东西正吸吮他的心，贪婪地吞噬他的生命。他将汗湿的脸转向窗子: 后撤的树木对他挥舞木拳头; 一朵脏兮兮的灰色云朵如一个黏糊糊的眼罩渗入他的眼睛。痛苦变得难以忍受，像呕吐物在喉咙里上升。科德维茨站起来，冲入敞开的火车前庭。一座桥在车轮下咣当。在忽隐忽现的梁桥格架之外是自由的空气，而下面——是堤岸的陡坡。俯身于最上面一级台阶，科德维茨的左手松开了栏杆。为何活着？

那一瞬间，一阵强风把他头上的帽子刮下来。"为何活着"这个问题还没能逃出科德维茨惨白的唇间，**为何活**这念头，为了逃避死亡，就已跳入他现已熟悉的住所。科德维茨悬挂在右手最后三根手指上。车轮突然转弯，把他抛向深渊——一根手指从栏杆上滑脱，但另外两根仍抓紧栏杆，它们想要活着。凭借超人的努力，科德维茨将自己的身体从坠落中拉回。风扯乱他的头发，猛击他灼热的双颊。努力抑住涌出喉咙的气息，他跌撞着回到车厢。他先是遇到困惑的笑脸，接着是笑声："看来风吹走了你的帽子。等着风再还回来吧……"面对那些嗤笑他的张大的嘴，快乐的科德维茨爆发出响亮的笑声，两排洁白的牙齿如钢琴键般闪亮。噢，当他快要心想事成，风的扰乱又有何妨碍。在这儿，在他的衬衫里，有一袋子钱，而前方是爱情、生命、新生活和更多的爱。

9

同时，那顶帽子——**为何活**藏身于它的皮革衬里——在滚下路堤时被草茎抓住了……

就让它滚吧。但作为作者，我对我的词语说：停下，就待在这里吧。这个故事如串珠一样串起来了。是的，一个廉价的伎俩，但仍能按照每行字收稿费，并博取读者的注意。

溜走的**为何活**的下一站在哪里结束呢？在一位铁路巡护工手里，这个醉汉把自己的生活变成了不断去追问"为何活"；在一位偶然经过的自行车骑手的手里，他把它迅速盖在自己四处游历的脑袋上；在一个夏季剧场的衣帽间里，在那里存放的帽子很容易混淆，这迫使**为何活**一再迁居……它已说不清自己到底在哪里了。那值得我们浪费想象力吗？

只有一件事情重要。那顶灰色软呢帽从一只手换到另一只手，肯定会——迟早会——变成一顶破旧邋遢的脏帽子，凡有自尊的脑袋都会厌恶地避之。总之，这故事讲到最后一节，从前的那顶软呢帽——带着它断裂的丝系带、下垂的帽檐、帽冠上的老旧缎带——被扔给了一个乞丐。

关于这顶变换脑袋的软呢帽的最后一节，我看得多清楚！那乞丐站在正午的太阳下，太阳用它的黄色光芒鞭打他粗糙的头颅。

但是按照乞丐的规矩，他不能将帽子戴在头上——他必须把它拿在手里，伸手讨硬币。

与此同时，可怜的**为何活**承受着坚硬钱币的抛砸，徒劳地梦想着跳入人类的大脑。如今，那几乎不可能了：**为何活**必须这样活着，在铜钱的刺戳下，在阳光的暴晒下，在雨点的击打下。叛逃者**为何活**将不得不解决这个问题——这一次是问他自己：为何活着？

1933

失去耐心的纸张

（一个梗概）

人人都知道：纸张不会羞愧[1]。它忍耐着：谎言，污秽，印刷错误，败坏的良知，拙劣的风格，廉价的悲情。任何东西。

但是正如以下故事所示，它不再忍了。

这事发生在十一月的一个早晨，雪花与雨点正为此时该是秋天还是冬天而争吵。就在这样一个阴郁的早晨，纸张失去了耐心。它厌倦了以光滑顺服的页面去承受字母，除了字母，还是字母；成千上万伪装成意义的无厘头；沉闷的词语倾盆注入，冲灌成水坑还是书籍——谁知道呢？

纸张——您得考虑到这一点——也有它艰难漫长的一生，它自己的磨炼：首先，树木得生长，将根扎入地下，还得招呼头顶上飘过的云，那些云就像一张张半透明的灰色包装纸，然后它被从根上砍下来，扔进造纸厂的冲压机，之后

---

① 最先出自西塞罗写给朋友的信："一封信不会羞愧。"

又被浸泡在大桶沸水中，晒干，压平……还是别说这些了。

等纸张晒干，机器已经教会它耐心。现在它平展雪白，有了读写的潜能。纸张被尖利的铅字击打着，被压在洒满墨水的模具上。纸忍受着。

直到它忍无可忍。

确定这一天的具体日期不大容易：纸首先遣散印刷铅字，然后逼退数字与字母。这场交战短暂却坚定，可被称作"白板之战"①。

纸上战场被打扫得干干净净，如同落满白雪。印刷字符们逃回收纳盒，迅速磋商。那有着二十五个或二十六个字母的字母表也厌倦了伪装成横跨世界的长远意义。字母表很快分解成字母纵队，一个两脚叉开的右翼 A 公然宣称：

"我们受够了他们用油墨把我们涂黑，受够了把他们愚蠢的意义背在我们的铅背上。够了，啊呀，受够了把我们的脑袋撞到纸上。任由他们把我们塑造成他们想要的样子——无论是铅弹还是铅镀石——文学却被禁止！"

这篇简短的演说引起一阵赞许的铅涟漪。随后，成千上

---

① 白板之战（Battle of Tabula Rasa）：Tabula Rasa 是一个拉丁短语，在英语中通常译为"干净的石板"，来源于罗马用来做笔记的碑板。后指一种认识论的观点，即一个人天生没有内在的心智，所有的知识都来自后天经验或知觉。

万的字母严格按照字母排序开始大批撤离。首先走掉的是阔步的 A，紧随其后的是肩上扛着长矛的长脚 Б。

一位晨报排字工坐在黄色桌灯旁，俯身于纸蛇般的校样上，他总觉得能听见地板下耗子的窸窣。这其实是幻听，实际上，这是字母在拖着脚——它们劳累过度、被纸损耗、精疲力竭——纷纷离开报纸、期刊和书。

最先目击这场大撤离的是一个上了年纪的卖报人，他来到十字路口，早班电车的铃铛和公共汽车的橡胶声此起彼伏。他的左手肘下夹着一捆油墨未干的四折报纸。第一个买报的人来了。此人从大衣左口袋里掏出一块手帕，擦了擦夹鼻眼镜的镜片，上面沾了几滴细小的雨滴（像是从雾化器出来的），然后右手在大衣另一个口袋里摸索，用一枚五分镍币换了一份四折报纸。

卖报人从肘下抽出第二份报纸，却无意间看见那买报人的脸，上面布满雨水与汗。那人站在被吓坏的卖报人面前，挥舞着一张白纸，威胁着要去报警。

事件就这样开始了。

厨师们拎着油腻的手提袋出门，去购买主人们的胃想要的各类食材，发现自己处于尴尬的境地。他们到处寻找熟悉的店铺招牌，但只看到一块块窄长的锡牌（就像抹掉了座右铭的骑士盾牌），那上面所有字母，无论凸起的还是压模的，都与排版用的字母表一起消失了。

书店的门砰砰响，像是管道阀门在排泄废气。人们排着长队进进出出，简单交谈几句焦急的话。书店职员爬上梯子，然后溜下来，在他们大睁的、惊恐的眼皮下——安静地沙沙响着，空荡如无云的天空，精心装订在普通皮革、摩洛哥软革以及厚纸板壳里的是一沓沓白纸。

文学评论家 D 先生不得不在那天早上十一点完成他关于……的文章，他仍不是很确定在标题第一个词"关于"的后面该写点什么。但这篇文章的结尾已在昨晚的梦中降临。八点钟起床后，批评家披上晨袍，把镀镍咖啡壶的金属插头插进窗边的陶瓷插座，然后打开桌子左边的抽屉，取出一份手稿。不对，不是那份——上面好多空白。一定是在右边的抽屉里，然而那里面也是一堆堆白纸。"我怕是在梦里吧，梦有时的确让人变得愚蠢。"批评家 D 想着，走到咖啡壶边，右手中指和食指摸了摸咖啡壶镀镍的那一侧。壶烫到他的手指，这时，壶上面的那圆顶盖开始喷射蒸汽、上下跳动。

批评家 D 坐回书桌旁的扶手椅上，想起镇纸底下有一个他今天必须交稿给那个刊物的提示条。他把沉重的镇纸移到一边，拿起那张字条：它平整的页面一片空白，只剩中间一个被压得半死、抽搐着的字母 r 。批评家用一根挑剔的食指的指甲弹掉它，陷入沉思。

我们还是不要打扰他。

现在我们来谈谈这个年轻人，他最美妙之处就在于他是一个年轻人。他年轻的心满溢着年轻人的爱情。他写了一张字条——你能猜到是给谁——将它投入邮筒的金属嘴。他住在一个大城市，这天他碰巧溜达到城里火车站附近，听到机车的汽笛歌声，于是买了一张去最近的郊区森林的便宜车票。他在那些光秃秃的树林里游荡到深夜，脑子里只有两个词："是"与"不"。哪一个将会作为回答装在信封里返给他？

那一夜，他几乎走到他住的楼房门口了，恐惧将他的鞋底缝在地面上。年轻人呆立了三四分钟，决定去朋友家里过夜。

这正是字母大逃亡的那个夜晚。

第二天，他回到自己房间，年轻人在门和门框的夹缝里看到一个白色信封。他把它拽出来，开门进屋。

信封上一个字也没有，但闻起来有股淡淡的木樨草的味道，她最喜欢的香味。年轻人颤抖的手打开信封，几乎在那一刻，在惊恐中，他将信扔到地板上。从信封里涌出的是黑色昆虫般的黑漆漆的字母，有些撒到地板上，有三四个滑入收件人的袖口。他看见——亲眼看见——小小的词"爱"跳出信封，横冲乱撞，溶化于空气中。

顷刻之间，这年轻人不再年轻了。

但我们还是继续吧。

在工业活动的总办公室里，在大使馆街的时髦住宅里，在各部委的秘书室里，在垂下的丝绸窗帘后面，在结实的橡木门的双层门锁后面，可以听到一种静悄、愤怒但又惊恐的蜂鸣声。关于那些写在弹性牛皮纸上的外交公约和条约，此刻只剩下哀伤的蜡印，证实着，唉，一片突然入侵的空白。

在舆论工厂里，在思想市场上，人们愈来愈恐慌。理应承载意义的温良的字母、顺服的文本，如今都已化为乌有，只余下一行行空白，如积雪覆盖的高山原野，上面连最弱小的草叶也长不出来。

纸张叛变了，失去了耐心。也许它还会再次被塞进机器的钢钳间，再次被戳满铅字。但那又怎样？字母们纷纷逃离，背叛伟大的文化事业。唯有少数几家印刷厂里还剩几百个标点符号，主要是省略号、问号、感叹号。

市政厅决心战斗到底，印制有一百个感叹号、底下有两行省略号的传单。

这也没能抚慰公众。恰恰相反，城市的居民们看向那一片不知在感叹什么的感叹号森林时，将忧郁的脸藏入竖起的衣领内，在省略号的蒙蒙细雨下，弓着问号般的腰背，行色匆匆。

有一些人（为数还真不少）——就像患疑病症的哈姆雷特曾说过的，把生活当成了"吃饭和睡觉"。相信我，我不说谎的，我可算是一位莎士比亚学者。

每天早上，这些人会告诉他们的妻子自己的梦的主要情节：他们通常会梦到升职，七道菜的晚餐，同一位金发女子幽会（如果他们的妻子是褐发）或同一位褐发女子幽会（如果他们的妻子是金发），一次股市崩盘以及他们三十五岁时的生日聚会，等等。然后到了习惯的钟点，他们会走进常去的咖啡馆，在那里，熟识的服务生给他们拿来报纸夹——报纸如旗帜飘舞——并从发光的金牙里诵出这位老顾客最喜欢的菜名。这人只需在听到菜名后适时点头，在等餐时展开飘荡如旗的报纸，然后热乎乎的盘子就来了，接着是美味佳肴。

但是在那天，在纸张起义、铅字撤离的那天，一切都很粗鲁无礼，非同寻常。报纸的白旗看上去像向胜利者求饶的那些国会议员的白旗。所有的菜名都从菜单的纸卡片上消失了，剩下一些数字在徘徊。惊讶而不悦的顾客们只能指点着数字，也就是价格，完全不知道潜藏其中的美食到底是什么。

对人类来说这不幸一日的黎明，在某个人看来（是的，他非常年轻），却值得欢庆。他是一位初出茅庐的诗人，名字叫……说真的，我不知道他的名字。这也只能怪那日子，很快这位年轻人就笑不出来了。

前一天，他接到通知，他那薄得像一片三盎司火腿的第一本诗集出版了，有三十本作者赠书在出版社等着他。

天刚亮，这位诗人就起床。他没看一眼即撕日历，它沉睡在沾满灰尘的过期的日子里。如果他看了的话，就会留意到待撕的那页上灰尘仍在，但上面的日期消失无踪了。

在出版社开门之前，年轻诗人就早早地出门来到街上。他一点儿都没注意到行人们如何愁眉苦脸，或街上已变化了的交通节奏，那节奏似乎被一块巨石压得无声了。这位诗人只为 abba 的韵律而活着。他心不在焉地买了份报纸，又心不在焉地用脚数了数电车的两级台阶，坐到一个空位子上。从口袋里拽出报纸，诗人发现报纸整版都是空的，他很高兴，想记下一首新诗的开头——新鲜纸张上那好客的白色正是他所需的。诗人入迷地望着周围乘客忧郁的面容，开始着手写作。不用说，他的长诗一路载着他坐过了站。但那不重要了。

这位新晋诗人笑眯眯地走进出版社的收发室。他们递给他一捆用麻绳绕了四圈的书。诗人谢过他们，走了出去。

二十分钟后，他回到家，灵活的手指打开绳结，看到……但我没有必要再告诉你，这位年轻的、或许是个天才的诗人在三十本书里重复看到的内容。

第二天的自杀告示栏中本来应该有一个关于……的简短消息，但第二天早上并没有报纸。因此，也就没有这则消息。

他是位古怪的老人，已经记不清自己的年龄。他穿着一件古文物般的大斗篷走来走去，一把老式雨伞在人行道上戳着，这伞原先是黑色的，如今已褪成铁锈色。曾经，他在一所国立大学教授哲学史课程，但是现在，他哲人般靠微薄的退休金生活，思考着过去和未来，对现时代不感兴趣。

纸张罢工进行到第四天。这位前哲学家吃力地爬上一座陡峭的石拱桥，向下凝视傍晚的点点夕光。与斑斓的汽油污斑一起，夕阳铺展在河水精致的涟漪上。"活该。歌德和黑格尔的雪白的彩虹女神本该早点彻底清除粘在她身上的苍蝇屎。"① 他想把这个念头写下来，然后想到这如今已是不可能的了。这位怪老头大笑的嘴咧得更开了，露出萎缩而无牙的牙龈。

银行出纳员的窗口前排起长队。麻烦的是，到了第三天，钞票、纸币上的字母和数字，以及合同上的签名，都跑去参加全体字母和字体的大罢工。期票持有者和财产所有人的钱包和保险箱里装着成捆的钞票，如今他们手里的文件都缺了签名，连华丽的花体也没有了，只剩一堆皱巴巴的空白长方形纸，它们曾经是纸币。纸张还在，但钱……没了。

然而，在那些艰难的日子里，一位自由主义演说家在国民大会上发表讲话，声称每位触摸过钞票的公民都很容易识别（"以他的手指和灵魂"）它的价值，就像触摸自己的妻子，他会很容易知道她是他的老婆，而不是别人的老婆。在此基础上，这位追逐民意的演说家坚持认为那些虽是空白、但相当耐用的钞票应被视为法定货币。

第二天早上，前面提到的那些窗口前排起了长队。警察企图驱散他们，但人们只肯散去一分钟，然而又站回到正丧

---

① 根据希腊神话，彩虹女神（Iris）从冥河里汲水给说谎的诸神喝下，让那些神沉睡一年。此处影射歌德的《色彩论》（1810），黑格尔曾支持过该理论，虽然它遭到同时代大部分科学家的反对。

失耐心的长长的队列里。

在那些紧要关头，连一个字母也未出现在空白纸币上。但在那些沮丧地在冷冰冰的银行窗口排队的人们脸上，清清楚楚地写着：要么……要么……

他只是个印刷厂的学徒，十四或十五岁吧，我记不太清了。他被吩咐看守已荒废的印刷厂，那里原来有一百四十盏灯，现在只剩下一盏还亮着。男孩在门口角落边选了一个地方，在头下垫了一摞纸，将右耳贴着纸张，很快就睡着了。他梦到白纸在扭曲、隆起，想要挣脱紧缠着的绳子，它还在抱怨着什么，有关它的纸质的苦恼，同时神经质地嘟哝：自从被一行行字母覆盖过之后，自己的空白已不如以前那么白了。

男孩醒来，以一只肘撑起身子，然而梦很快又把他的头拉回到纸枕头上。现在，他梦到那纸安静地叹气，温和地请求他告诉人们……

梦境又一次中断。年轻的看门人用袖子擦去额头上的汗，再次将耳朵放到纸捆上。此刻，他不睡了，他在听，清楚地听到它的声音。

早上，他去到父亲（一位广告牌画家）的工作坊，他告诉父亲自己的梦。父亲嘲笑这荒唐的幻觉，将一把刷子蘸上颜料，在桌上铺开一大张纸，记下他儿子的口述：

"我，这世界上的纸，记载人与人之间的遗嘱、条约、报纸、简讯，我承载一个人写给整个人类的伟大的书，我呼唤你们，字母兄弟们，回归于我，但首先要发誓和我一道为真理服务——只为真理——直到耗尽最后一滴印刷厂的油墨，永远不允许一个人脱离整个人类，不允许他不去爱人如己。"

父子俩都没有注意到奇迹在他们眼前发生了：字母们从笔刷上奔跑过整张纸，却没有消失，继续留在纸上，在透过玻璃的阳光下很快就晒干了。

这张海报是第一批回返者的侦察队——回到我们这个特别坏、也特别好的世界。那之后，其他字母的大部队也都回返，它们生命中缺不了那发明它们的——人。

读者或许会问：证据在哪儿？有关那四天的证词在哪儿，当纸与所有字母分开时？我只好间接回答这个问题：字母们毕竟曾离开过我们，那时，纸因绝对的空白而生相思病。那么就让它回答：以绝对的沉默。

1939

无声的琴键

一张带着蓝色镶边的窄条纸不起眼地贴在一块广告牌上，它周围是很多更冗长、五花八门的告示。

蓝边纸上标明了在某年某月某日，在某某会堂，将有某位钢琴家的巡回演奏——下面一行是醒目的大字——**在无声琴键上**。

吝啬的晚报给了这则新闻四个字"拭目以待"。这份报纸大概是给睡前读的——所以，有一两个订阅者甚至梦到一场以无声的钢琴举办的奇怪音乐会。寻找新节目的电台于是在即将播出的栏目中加入了无声琴键的大师。

到了节目预告的那天，从早上就开始下蒙蒙细雨；到了约定时间，天空密布啜泣。

会堂里没来多少人，空荡的大厅与一架无弦的琴壳正好共鸣。但来人中有好些著名音乐评论家，此刻他们正不安地商议着什么。一些人只是抬了抬眉头，另一些人还耸耸肩。

终于，铃嚯嚯响了，听众们找到座位。两个舞台工作人员将一架闪着微光的黑漆钢琴推到一边。第三个工作人员带来一张小桌子，让它正对观众。最后，第四个人拿来一个儿童棺材般大小的箱子，把它放在桌上，咔嗒一声打开箱盖。在向后折放的上盖下面，是无声键盘的扁平黄色琴齿，镶嵌着黑色的小调键。

乐评家们交换了目光。有些人已经开始在笔记本上写点什么。很快，一位女电台播音员出现在脚灯前，她穿着一身奶油色裙装（颜色就像一架钢琴的琴键）——口齿清晰地播报：

"《时钟已停摆，但我们回想它未停时的时光》。一篇音乐小说。"

女播音员退下，将舞台让给一位身着黑色长礼服、肩膀窄窄的高个男人。人们对他报以试探性的掌声。这男人用左手理了理高凸的额头上稀薄的头发，坐到暗哑的乐器前，对着他修长的手指吹了吹气——突然，将十根手指压到了琴键上。

琴键的回应是完全的无声。

他的手指涟漪般波动，像琴锤击打着不存在的琴弦。第一节指骨牵动第二节，第二节轻柔地叩动第三节的指甲，骨头连动骨头。节奏分明的乐章如沙漏颈中的沙粒跌宕而下。接着，两只手突然高悬在半空，指甲像被凝住——犹如动物博物馆里秃鹫标本的角状爪子。钢琴家站起身，大步走开。身后跟着一阵困惑的掌声。他愠怒地转过身，以一种沉闷回荡却清晰的声音说道：

"沉默召唤着沉默！"

然后是奇怪的长时间幕间休息。乐评家有时间坐到一起兴奋地低语着什么。

终于，那位穿着与琴键同色裙装的女播音员又出现在脚灯旁，战战兢兢地说：

"下面我们将听到《濒死的墓园》。该曲子是为一项计划而做的：受经济状况所迫，墓园被挖开清理，以便为新的尸体腾出土地。"说到这儿，女士瞥了一眼讲稿，"你们死过了，现在让别人去死吧，因此……请原谅，我把第二页弄丢了。但毋须多言。"

无声键盘的大师闷闷不乐地出场。他向前走的样子像是在迈过坑坑洼洼的路。他在琴箱前坐下来，停顿几秒钟。会堂里鸦雀无声。

他将第一个和弦深深地压入琴键。接着，他的右手移开，同时左手在黑色琴键上全速行进，如一阵无声的清风。接着，钢琴家踩下右踏板，弓下腰背，盯着木地板上的黄色菱形花样，仿佛从它们那里流溢出一种只有他才能听到的颤音。钢琴家的前额渗出大颗汗滴。突然，他用双手攥住琴键的黑色盖子，砰的一声关上它。他如此用力，以至于会堂里有两三个女人歇斯底里地尖叫。一位年轻的乐评家对他旁边的人低语："太棒了！"

音乐会第一幕就此结束。

在第二幕里，不解的观众们（现在他们人数增加了很多）听了三首曲子：《不要大声说出对贝多芬的看法》《一个睡着但无梦的人》《为残疾人举行的聋哑大游行》。

随后观众们散去。人们现在想得更多的是雨而不是音乐会，他们不得不冒着冷雨赶路。

那个叫出"太棒了"的青年乐评人将软呢帽拉低至眉毛，竖起大衣领，来到第一家餐馆昏黄的灯火旁，弯腰进了玻璃门。

餐馆里满是人。靠左手墙边，他看见了那位无声键盘的钢琴家，此人的模样在雨雾中一路追随着他。肩膀瘦瘦的高个子坐在一个空位前，旁边放着一瓶打开的香槟，他正大口喝着杯子里的白色泡沫。他左手的食指和无名指间夹着一根棕色雪茄。乐评人凑近那张桌子。"您的一位听众。"他说。钢琴家对空座位欠欠身，抬起头示意乐评人坐下。他脸上没有任何表情：既无欣快，也无失望。他沉默三四分钟，不时用薄嘴唇吮吸雪茄的尾部，或用手指敲打桌沿，专注地倾听那主题。然后，他突兀地抬起眼问道：

"您找我想要什么？"

乐评人并不笨。他回答：

"您。"

他们又沉默了一会儿。然后，乐评人有点不安，搜寻着语句开始描述他对无声键盘的印象。简短而激动的讲话结束时，他说："真的，我不知该怎么形容您。您是谁——一位冒险家，还是一位天才？"

这时，侍者端来钢琴家的晚餐，以眼神询问那位乐评人。乐评人要了一瓶阿斯提发泡酒，谈话继续。

"您瞧，"钢琴家说，把烟灰弹入烟灰缸，"一开始，在年轻时，我弹奏会发声的键盘。我试着把贝多芬、斯克里亚宾和莫扎特带给人们。但很快，我就深信我是在对着聋哑人弹奏。他们听不到那音乐，他们写下关于音乐的文字，但他们的文章和书里的字行都是无声的，是成千上万无声的黑色符号。"

"那就是为什么……"

"把我的整个故事讲给你听，有点儿太伤感，也有点儿蠢。世界上有成千上万个像我这样有细长手指的钢琴家。我们敲打人们的灵魂，但他们的反应只有沉默。于是，我决定用又聋又哑的琴键来与聋哑人交谈。一项冒险之举，但我圆满完成。你要是知道就好了！当我弹奏那些无声的黑白琴键时，你瞧，我听到了自己的思想，我用这些指尖把我的爱意与雷鸣般的憎恨压入这些象牙杠杆里。"

"但即使这样，"年轻的乐评人说，推开钢琴家递给他的灌满的杯子，"即使这样，这里面也有一种嘲弄的成分。您的残疾人大游行侮辱了人们。您不能那么干。再说了，您确定自己真有两条腿？"

"非常敏锐的观察。"

瘦肩人用右手小指的三角形指尖敲叩着半空的杯子，用一只软骨似的大耳朵倾听那微弱的声音。

"六年前，我在法国南部的一座城市演出。在加龙河畔。这条河有自己令人惊讶的歌谣，水花的泼溅与低吟摩挲着河岸。有一些渔夫听到了它的歌。在水花的和谐演奏中他们的歌唱诞生了。记得当时我正演奏贝多芬的《第一钢琴奏鸣曲》。我热爱那首曲子，因为它是一座连接莫扎特和我们这个时代的桥梁。在我弹奏预告新奏鸣曲之诞生的最后一小节时，我这根倒霉的无名指不慎击到了一个黑键而不是白键，弹成了升F，而不是F。第二天，当地报纸刊登了一篇讽刺文章，说这位钢琴家'没有半音'。你知道吗，我痛苦不堪，取消了第二场演出。无论何时我走到钢琴前，我的手指只能在琴键表面滑动，我在心里检查我的触碰是否正确，但我开始恐惧琴声了。它离弃了我，或者，我离弃了它——我不清楚。正是在那些黑暗的日子里，我开始有了这个……这个想法……懂了吧，就是你今天听到的这种弹法。或不如说：你听不见的这种弹法。服务员！再来一瓶半干葡萄酒。”

　　一分钟后，桌边响起木塞的砰声——在被钢琴家灌满了的杯子里，在黄色液体表面，细小的白色泡沫无声地爆裂。两人并没有立即继续谈话。

　　“我记不太清了，但有一个俄国作家写了一篇短篇小说，关于晚年的贝多芬……”

　　“您对那个名字情有独钟。”

　　“是的，我钟情于一位倾听这世界的聋人音乐家的名字。‘我的国度在空中’[1]——难道不是吗？在那小说里，这位听不到自己脚步声的昔日的大师，爬上吱吱作响的楼梯前往一间小阁楼，坐在一架无弦的羽管大键琴前度过他最后的时光，把自己的想法反复敲入那些死寂的琴键。他能听到它们，但是我们，我们，是些聋蝙蝠……”

　　无声琴键的钢琴家把杯子推到一边，对着乐评人半转开身子。

　　“我忘记那位俄国作家的名字了，奥德……奥德耶……”

　　“奥德耶夫斯基[2]。您说的是《俄罗斯之夜》里的一个故

————

[1] 语出贝多芬写给弗兰茨·布伦斯维克的信：“我的国度在空中。和谐的旋律像风一样在我周围盘旋，事物也如此在我头脑中盘旋。”

[2] 弗拉基米尔·奥德耶夫斯基（Vladimir Odoevsky，1803—1869）：俄国作家、音乐评论家，其作品《俄罗斯之夜》（1844）里有一个短篇《贝多芬最后的四重奏》。

事吧。"

"您怎么知道？"

"我是俄国人呀。我来这里只是短暂停留。我会给莫斯科的朋友们讲述您这场非常奇怪的音乐会。可以说，它具有一种特殊的辩证意味。在那里，生活被踩在压制者的鞋底之下，您无声的音乐，我想说，它已然震耳欲聋了。"

"好吧，我如果去俄国会怎么样？那是我很久以来的梦想。"

"是吗？那么您就不得不回到您的贝多芬《第一钢琴奏鸣曲》了。您的黑白琴键们，F和升F，也必须达成一致。而且，您的技艺也得完美无瑕。在我的国家，您的手指会遭遇许多危险的竞争对手。他们会以轰鸣的弦乐般嗓门对您说话，您将无法保持沉默。不管怎样，我建议您别乱走动。我们不需要您。在所有人当中，您应该最明白这一点。无须多言。您，这位无声琴键的大师。"

两人握手告别。

他们可能再也不会见面了。

1939

小精灵之死

我们不清楚这个小精灵是否曾和芥菜籽与豌豆花[①]一起生活过，后者曾有幸认识莎士比亚，或者它仅仅是一个在这世界上游荡的精灵——既没有遇见谁，也没有和谁分别过——直到它发现自己陷入了本故事所讲述的棘手困境。

如果真像科学所宣称的，身体会有抗体，有需氧菌也有厌氧菌，那么读者很容易认同，有精灵就会有反精灵。有时这个小精灵得胜，有时反精灵占上风。在后述情形下，小精灵的生活（或不如说他生命的最后一章，也即这一真实故事所叙述的）就是与反精灵的战斗。它发现自己岌岌可危，于是从轻盈的翅膀的王国移居，四处寻找可以躲避敌人的庇护所。

无论走到哪儿，弗里德里希·弗莱顿左肘下都夹着一份乐谱。乐谱有棕色的封面，每当弗莱顿挤上塞满人的电车时，它就会发出一声四弦哀鸣。

弗莱顿花了很长时间勤奋地练琴。他挥舞琴弓，像个

---

① 芥菜籽和豌豆花为莎士比亚剧作《仲夏夜之梦》中的角色。

裁缝飞舞针线，然而却没能给自己缝得一丝一毫的名声。弗里茨——他母亲曾这样唤他，她去世四年了——早就甘心在大城市一家体面的咖啡馆里做个不起眼的大提琴手。时不时的，他们会请他在边敲勺子或叉子召唤侍者、边聆听曲子的一群观众面前演奏一首久被遗忘、也没人欣赏的变奏曲，或一首不知作者是谁的活泼自由的回旋曲……

那天，事情就这样发生了，我们故事里的小精灵逃离反精灵，正搜寻着庇护所。那时天已快黑了，是哪个时节——我记不太清了——可能是六月，或者七月。音乐家的窗户在六楼，在他关门离开，去街对面的小饭馆吃晚餐时，那扇窗敞开着。

就在那一刻，惊恐的小精灵飞入音乐家的空房间。他在一面面墙之间飞掠，想找个地方藏起来。大提琴栗色的琴颈没有扣上。小精灵潜进去，它的右翅在哀鸣的第四弦上擦过，滑入乐器的一个 f 形凹槽，落入温暖而安全的寂静黑暗中。

吃完一顿简餐，弗莱顿回到他的乐器旁，把它长脖子上的扣子扣好——如往常一样——前往他常去的咖啡馆，那里的老顾客、侍者和作曲人都在等着他，他将用琴弓机械地拉出他们指定的曲目。

两三次握手。一个浓妆女人点点头（她坐右边靠墙第四张桌子）。小提琴手的右肘充当指挥，他的弓尖像没有线的针，上下抖动。一开始，由于喧闹的爵士乐、盘子撞击声和进进出出的脚步声，没有人听到那缕新的音色，那从他摩擦琴弦的弓下神秘地流溢出来的弦外和声。弗莱顿听到了，却害怕被观众听到。他竭力藏起这莫名其妙的新乐音，等指挥的琴弓命令般挥舞召唤一个强音后，他才让那乐音变得更响亮。桌边两三个脑袋转向弦乐队。然而玻璃杯的叮当声、盘子沉闷的哗啦声以及侍者鞋底拖地走的声音淹没了这个听觉异响。几秒钟后，音乐结束了。

这位演奏者也只是模模糊糊地捕捉到了在他琴弦上暂住的新音。他非常累，长尾的黑色乐符标记在他眼前晃动，他的手指机械地在指板上滑动，而同时，他想到明天得付房租，如果他……

午夜过后，这座城市的灯火都已熄灭。为了省下五便士的电车费，他步行回家，竖起大衣领以抵御沿他脖子滑下的泪水般的雨。

大提琴回到平时的位置——乐谱架子旁。弗莱顿整理好床铺，坐在桌边，桌上有一张空白的五线谱纸在等着。他打了个哈欠，扔掉铅笔，取下鼻梁上圆圆的黑框眼镜，脱掉衣服，熄灭灯，伸展手脚躺到被单下。那从窗外凝望的——在一百万层楼上——是一轮明月。弗莱顿将被单的一角拉过头遮住光，沉沉地睡去。时间背转而去。突然，有什么东西轻碰他的心脏，他用手肘撑起身。透过墙，一个钟安静而清晰地敲了五下。月亮已从窗框里消失——只有月光洒在桌上和放在毛毡垫上的五线谱纸上。这时从细长木腿提琴站立的那个角落传来一阵轻柔的琴弦声，听起来就像当伴奏的乐队在他周围轰鸣时，他这位独奏者利用片刻的停顿，小心翼翼地用手指按压以测试乐器音调。然而这刻的区别在于：那些无形的手指并没有拧紧琴栓，正相反，它们正攀爬一架精致的声音之梯——越升越高，创造出一种对人耳来说陌异且非同寻常的旋律。

弗莱顿不清楚自己是醒着还是在梦里，他从床上坐起身，伸手去够他的乐谱。他的铅笔沿五线谱画着，角落里的音乐声突然断了，像受到了什么惊吓。音乐家觉得自己的手发僵，于是又缩进被单，被无梦的黑色睡眠笼罩。

清晨喧嚣的喇叭声、铃声、辘辘的车轮声吵醒了大提琴手。每件事都井井有序：先是脚穿入袜子，接着是袜子穿入棕褐色的鞋，然后鞋子擦上一层棕褐色鞋油。弗莱顿走到书桌前，打算带走那空白的五线谱。但他奇怪地发现那张纸上写满灰色的符号，沿着五线谱跳跃。弗莱顿阅读了那些音符，吃惊地抬起头。这么说，那不是梦。那么……

他走到大提琴旁，解开琴颈帆布领上的扣子，把乐器从包裹中取出，在上面弹奏昨晚那段不请自来的旋律。一开始，这些晦涩的铅笔音符只令弗莱顿困惑，随后，他又被它的一段节奏吸引，之后，整首曲子令他的弓更为坚定地压靠在弦上。与之同时，大提琴手注意到琴弦也非常喜欢这旋律，也许因为它们正以新的嗓音歌唱——纯净如林中潺潺溪流。

那天，大提琴手赶到他的咖啡馆乐谱架前时迟到了一刻钟。经理皱着眉，瞪眼训斥了他一顿。弗莱顿心不在焉地笑一笑，坐到他的位置上，掏出一块手帕擦拭大提琴的四根弦。他们准备表演一首流行歌曲，在这首歌中，大提琴只在两个地方领奏四小节，然后其他乐器和咣咣的钹声将追上来，淹没它的独奏。

通常来说，这种演出引不起什么特别的兴趣。但这一次，大提琴的琴声在合奏中领先回旋了大约十秒钟，突然令在桌子之间流连的人们停步，连端着冒热气的大浅盘的侍者也呆住了，几十张背对舞台的椅子的前腿都向舞台倾斜过来。人们要求再来一曲。几位用餐者还站起来，凑近舞台。那首歌演奏了三次。常客中的一位向经理打听那个人的名字——就是那边的那位大提琴手。

两天后，弗莱顿得到了一次独奏的机会。他演奏了月夜所得的那首神秘之曲。第一节一开始，房间里就完全安静下来。就连那些断然拒绝音乐的人——他们一向把音乐等同于电扇噪声与陶瓷餐具的哗啦声，宁愿整晚独自翻阅报纸——

也不知身处何处，把柏林与伦敦、罗马与雅典混淆了。侍者踮着脚尖走动，以左肘将餐巾压在肋部。水晶杯中的酒连一滴也没动。当那位艺术家将弓从弦上移开，所有手掌都重重地鼓掌。他半立起身，尴尬地鞠躬，然后坐下。然而一阵新起的掌声迫使他再度起身。

节目结束后，饭馆老板叫弗莱顿去他的办公室。他俩——大提琴手和提琴——走进那间小房间，立在门边，三只脚植入小地毯的黄色硬毛。他们被亲切示意坐到一张皮沙发椅里。老板对弗莱顿解说，即日起他的薪水会加倍。弯眉下的眼睛先审视了大师磨损的夹克和灰色旧裤子，老板现在以"大师"来称呼他的餐厅乐团的大提琴手，然后，他低头看了看写字台上黑色电话听筒旁的记事本。一分钟后，记事本上的一页纸就到了弗莱顿的手上，向他允诺一笔数目不大但仍可观的钱。他可用这笔钱买一套新衣服，也即艺术家在某些观众面前表演时所需的那种——即便说不上时髦，至少也得……

弗莱顿离开餐馆时，他的左臂上悬挂着他音乐生涯的木头伴侣。此时，街道静寂无人。雾蒙蒙的天空挂着半个月亮。是月亏时节，然而弗莱顿的名声——他能清楚地感到并努力抑制内心那个疑问的声音——才刚刚开始凯旋般地上升，上升。

　　大提琴手无法弄清这是怎么回事，他陷入猜测。但对于小精灵来说，这一切如白昼般明晰。它得到大提琴的庇护，不想让人觉得自己忘恩负义。就像所有诚实的精灵——或打个更好的比喻，就像所有尽责的房客一样，他总努力按时付清房租。但是一位小精灵能支付什么呢？什么也不能，除了童话、旋律和梦幻。这位小精灵做了它能做的。夜里，当提琴手睡着了，它就扇动着一对薄纱般的细翅飞出乐器的 f 形门，然后落到沉睡者耳旁，为他讲述梦境。音乐家听到轻柔的歌声犹如花草的芬芳，他的眼睛被泪水唤醒。他冲向书桌，匆匆记下梦中的声音，再次回到枕头上。

　　那些夜晚，弗莱顿为自己的表演和观众们总是向他欢呼而激动不已，无法入睡，小精灵不敢离开乐器的黑暗处所，就从一根琴弦飞到另一根，从一个音品跳到另一个，激发更多的旋律。一开始，大提琴手把这些几乎听不清的声音当成幻听。他求助于一位精神病医生，知道所谓的"伪幻觉"的存在。后来不久，他将该现象——他的内向听觉、极生动的音乐性思维——断定为天才或……的一个表现，无论如何，音乐评论家很快帮他解决了问题。弗莱顿的名字已不再出现在餐馆菜单的底部，那上面写着当晚的菜品、饮料以及由一流（与厨艺一样一流）的艺术家演奏的音乐。不，弗里德里希·弗莱顿的名字——以红黑字母写在白底上——如今在城市主街与广场上捕获行人的脚步与眼睛。最初的一批乐评家写道"一场奇特的演出，尽管……"——但是"尽管"不久就从评论中被删除；然后他们写道"一场杰出的表演"，几周后变成"才华横溢"，三天后又变为"一位出类拔萃的天才"。

他在交响乐团大厅里的首场个人演出确实如同一场凯旋。关于刚成名的大师，人们常说：他们早上醒来后一举成名。为了更准确，修正一下：弗莱顿睡着的时候已经成名，虽然几十通祝贺他巨大成功的电话干扰了他的睡眠。第二天一大早，他就被浓烈的花香熏醒，他不起眼的旅馆房间里已被鲜花堆满。

随后的一系列大提琴演奏会引发了越来越大的赞誉。您瞧，小精灵喜欢鲜花，它们让他想起了森林里的住所；他也喜欢音乐厅里闪亮的灯光，它们让他想起萤火虫和星星的光芒。演出时，小精灵常常会坐在弓尖末端，用只有弗莱顿才能听到的柔和的高音吟唱，用它的小薄纱翅膀拍打着暗示节奏。

这最新的一轮演奏还剩下两个节目。在今天的节目的第一部分，弗莱顿已取得巨大成功。在更衣室里，他收获了握手、乐评家的信笺以及两三张带香水味的便条。

在第二部分，他将演奏一首古典大提琴奏鸣曲。开场的快板迷住了观众。小精灵的情绪格外高涨：他在琴弦之间飞奔，在音品之间跳跃，甚至还像溜冰一样在抹了松香的弓丝上滑行，让它们发出在地球上只有最出色的大师才能掌控的震颤。

在如歌行板之前，伴奏乐队沉默了一分钟。这位独奏者以一块手帕擦拭乐器的琴弦，将右手两只手指伸进白背心的侧口袋，掏出一个弱音器。正当他把它压在琴弦底部时，他听见什么东西滑下去，像指甲划过瓷器。

指挥举起他的指挥棒。

弗莱顿自信地在琴弦上摆好弓，奏出第一个和弦。然后？他听见，取代和美谐音的是一种呆钝如木头的刺耳音符的组合。他继续拉琴，觉得行板的第一节有些古怪，困惑和恐惧随后进入他的意识。他的手机械地推拉琴弦。他的前额挂满了汗珠。指挥总算把指挥棒放回乐谱架边缘。弗莱顿试图借着颤抖的双腿溜掉，却被一阵暴雨般的掌声拦住。"没人注意到。"他退入后台时想。他收到与四分钟前同样多的祝贺以及握手——只有一位秃顶的老批评家（他从前额一直秃到后脖）不以为然，闷闷不乐地在笔记本上写下什么。

弗莱顿的崇拜者在城里最好的饭店安排了晚宴，弗莱顿溜走了。借口身体不适，他匆忙回到此时下榻的高级酒店套房。他拔掉电话线，锁上门，穿着大衣在窗边坐了很久，窗外，这城市夜晚五彩缤纷的灯火蜂拥而来。

钟响了两下。弗莱顿脱下大衣，走入卧室。他脱掉衣服，躺下。关灯。但是他感觉无法入睡。钟又响一下，然后三下。弗莱顿打开灯，脚伸入拖鞋，走到他的乐器旁，它阴郁地裹在棕色的布罩里。

他先是隔着布罩拨动琴弦，琴弦迟钝地反应，如半睡半醒。他随后拉开布罩，手指在音品上疾走。他不明白。

然而，这一切很容易解释。音乐会当中，他调节木制弱音器时，无意中压碎了他的客人——住在他大提琴里的神圣精灵。小精灵死了，音乐随之而亡。木头仍在，谐振器仍在，琴弓、琴弦和琴栓都在，但活在它们中的音乐消失了。

接连两天，弗莱顿都没有走出他的套房。第三天早上，为他的音乐会做广告的节目单上贴着提供退款的对角横幅。

那天晚上，大师弗莱顿要了账单，并叫来一辆汽车，这辆车送他去了北站。

女服务员进空房间做清洁时，发现角落里有一架大提琴，显然是刚刚那位客人遗落的。罩子上的两个扣子都扣得整整齐齐。酒店老板立刻得到通报。他沮丧地耸耸肩：那个住在套房里的人没有留下地址。

确实，弗里德里希·弗莱顿的下落和后来的命运至今无人知晓。

1938

赌徒

两个人，一位簿记员和一位诗人，住在城门附近一间没有暖气的方形小木屋里；算盘已没什么可数的，除了政权的更替。就在昨天，那位簿记员沿着细轴从右向左滑动第九颗白珠。所有纸张都被拿去印刷传单、命令或请愿，张贴到砖墙或木墙上了，坚决拒绝任何像诗歌这样的无用之物。所以，两人都失业。他们口袋里的钱早就漫游出去变成了面包和木柴，而且早就被吃完、烧光了。两个人，两把椅子，一张桌子，两个板凳，一副卷了边的扑克牌。从早到晚，诗人和簿记员玩着斯塔斯牌游戏。通常在傍晚，他们中的一个会时不时地出去搜罗一点儿面包屑，或取走谁家栅栏上的一块木板用来烤火。麻烦的是，他俩只有一双靴子，这双靴子总是随着牌局的输赢而易手。或不如说——易脚。

诗人运气不佳。接连一个星期，他都得穿着已经不属于自己的衣服走来走去。一笔预付款以及《冻僵者之梦》这本书的献词也都归他的同伴。然而，两个赌徒仍在赌。

实际上，宇宙属于每个人，从星星到尘埃的一切都是人类的共有财产。基于这个想法，诗人——从昨天开始——将北极星算入牌戏，开始记账。唉，十秒钟未到，那颗星星就移交簿记员。以同样的方式，诗人失去了后发座，没多久，他先是丢了小熊座，接着丢了大熊座。

为了银河系，两个赌徒彻夜未眠。在一盏油灯下，他们激烈拼搏，直到那片闪烁的繁星被簿记员收入囊中。

但那之后，运气突然一百八十度翻转。首先，意想不到的事发生：诗人设法收回了失去的预付款。不错，虽然只有三四百万。面包即使霉旧了也还是面包，生材也还是木头。四堵墙的斗室暖和了些，他们的胃也好受点儿。两人的手指不再僵冷后——很自然的——就伸向那副扑克牌。诗人的好运不断：他先是赢回自己的几百万，接着赢回——一颗接一颗星星——整个太阳系，最后，全部星座从璀璨的天空流星雨般直落入他的手心。簿记员只剩点儿零星的小星星了，他挣扎着想守住土星之环，但两三次出牌之后，土星环也随着那颗行星一起向他幸运的对手那边滚过去。

星星倒没什么要紧。诗人赢回了靴子！现在，整个宇宙都属于他了。因好运而兴奋异常，他在房间里踱步几圈。这时，小炉子已冷却。诗人赢回的宇宙有点儿冰冷。华丽的白色花饰正在窗户上凝结。

"谁去找木头？"这位幸运儿问。

"赢靴子的那个。"簿记员回答。

他坐在板凳上，膝盖抵着下巴，使劲摩搓裹着破布的双脚。

赢家没有异议。他将帆布帽拉低，护住耳朵，裹紧棉絮夹克出门了。

几乎在同一时刻，外面响起噼噼啪啪的枪声。簿记员知道：白军已进入这座城市，这回轮到他们了。簿记员走向挂在一根钉子上的算盘，沿着细轴从右向左滑动了一颗黑珠。

炮火齐发，远处，两三门加农炮震耳欲聋。附近某处，一架机枪发出打字机似的嗒嗒声。下午的光芒淡成暮色，暮色变成夜晚。

他的伙伴没有回来。

屋内的温度正在降低。那个漫长的冬夜，簿记员整晚都坐在他的凳子上——不安的念头闪过他脑海。

黎明时分，他以毡条缠住脚，再裹上两份报纸，哆哆嗦嗦走上大街。雪，岩盐般闪亮的雪。一个个棺材般的黄色长棚屋，窗户都紧闭着。在一个十字路口躺着一具灰色的尸体——像一滴溅出的墨水渍。尸体附近立着三个女人和一个小男孩，男孩布帽的护耳耷拉下来，摇动着它们带状的尾巴。

簿记员凑近。是的，就是他，他那位幸运的伙伴。他脸朝下倒在雪里，双臂抛伸。他的胸脯底下压着一捆木柴。三个女人中的一个用她黑色披肩的尾端抹去冰冻的眼泪，悲叹道：

"噢，我亲爱的不幸的人儿啊。谁知道，谁能想到？昨晚，我让我的米特卡出门找些灯油。但是那些——你怎么称呼他们，我不知道——他们来了。来啦，开枪。我怎么办啊？我的小米特卡……接着上帝送来位好人。他扑向米特卡，搂着他跑向大门口。但是他，可怜的小伙子，被一颗流弹击中。看看他吧！命运多糟啊！看看吧！令人痛心……"

"米特卡没事吗？"

"他没事儿。一点事儿也没有。但是这位可怜的……愿他安息……"

几个女人站着叹一会儿气，然后，大门就在她们身后关上了。

簿记员看看四周。这条街空无一人。他跪到雪上，从那尸体上拽下靴子，穿到自己冻僵的脚上，头也不回地进了棚屋。至于诗人留下的宇宙遗产，他连想都没想。

1937

排队

（小品文）

　　作家解开紧绷的鞋带，将脚趾伸入宽大柔软的拖鞋，走向他的书桌。桌上的墨水已经等候他多时了。他拧开瓶盖，伸手拿过来一叠大张的稿纸，将笔尖蘸入沉思的墨池。

　　就在这时，一条看不见的队列从写字桌右角排到墨水池。一条主题的队伍早就等着喝上哪怕一滴墨水。

　　此人全神贯注地思考：从哪里开头？因此，他既没听见、也没看到他众多构思中的推挤与争吵。

　　"你听我讲，情节公民[①]，别推挤我，我等了十年了，而你不过……"

　　"十年！你这主题早该淘汰了。我刚诞生，才十秒，但我是尖锐的热门话题。印刷厂的油墨、旋转的机轴都等着我——我不许任何人踩踏我的词语。走开！"

---

① "公民"是苏联的官方称呼，比"同志"要更疏远冷淡。

"别急嘛，年轻的情节亲戚。你耳朵后面的墨迹还没干，却鲁莽插队。至于我，我已经被我们的主人改了五稿。我是个发展丰满的主题，不应被随便打发。你想怎么样？回去排队！一切新贵都到队尾去！"

"亲爱的，让我挤到你身旁，我只有一个专栏那么长。我的主题是二乘以二不等于四，但是那个四，如果你想得深一点儿，几乎就等于二乘以二。"[1]

"给我滚开。你们这类懒笨的家伙太多。等等，那家伙是从哪儿冒出的？挺着大肚子往前挤。勒着点，大肚子。"

"我不同你们一般见识。你们看，我是一部厚重小说。已预付50%的稿酬，完成20%的构想。现在，请给我让路。"

"让他插进来？"

"不行，见鬼！他会喝干所有的墨水。踢他出去！"

"但是请原谅……我的视野绝对广阔，而你们所有人，请原谅，不过是些短胖的小玩意儿，连我的半径也不及。"

"我们要当着你的面对你嗤之以短鼻，所以在你被扔掉

---

[1] 参见陀思妥耶夫斯基《地下室手记》："我同意，二二得四是很高明，但如果公平而论，那二二得五——有时岂不更加妙不可言？"；屠格涅夫散文诗《祈祷》："无论人们祈求什么，他总是在祈求奇迹，每个祷告都可以缩减为：无上的主啊，请允许二加二不等于四"；托尔斯泰在皈依俄罗斯东正教时说："即使是在亡灵之谷，二加二也不会等于六。"

之前，赶紧站一边儿去，肥小说！"

"对的，给他灵车的轮子加一根轮辐。"①

"请原谅，什么意思？你们都是恶棍吗？"

"我们是小品文！大众噱头。你是何许人也？"

"我的标题是'没有玫瑰花畦'或'生活不易'——共四章二十八节。一部俄国知识分子的传奇史，跨越三代人，以批判的眼光看待所谓的……"

"对不起，我必须打断您，批判的眼光——正是在下。我是一篇文章——过去一年的文学概况，事实上，我已经写完一半，只需再来几滴墨水、加一点儿胆汁就行。我很愿意概览一下您，小说公民。您挺适合我的结尾，但这一切要等时机成熟：继续被写吧，继续，我紧随您后。"

"很乐意，尽管……你的观点到底是什么，你关于过去一年的批判性回顾？"

"很简单。在回顾已逝一年的成果时，我以契诃夫笔下一位冒牌医生的处方为向导：'处方：几克**任其消逝**，向过去，向那不存在之玫瑰花畦扔石头，让它更快消失；然后大剂量

---

① "活着就是往运送我的灵车的轮子上加一根轮辐。"科尔扎诺夫斯基在《笔记本》里写道。

的**世上荣耀**①，最后是无限量的**蒸馏水**②。如此，就有了三个组成部分③，唉，这三个元素构成我们所有的故事情节、文学事实。我甚至会用契诃夫的标题——'审判前夜'④。你们所有人，无论胖瘦，皆受审判并被定罪。"

"果然如此？亲爱的文章，契诃夫笔下的医生是个冒牌货，你考虑到这一事实吗？"

"当你们这些小说匠和故事捏造者一个个请求批评时，我为什么要闲等着？我知道，你们不喜欢被批评家的笔戳，你们不想一上来就吞棘鱼的尾巴，躺在铺满针的床垫上。"

"哦，我可没那么说！关于我，你尽管褒贬，但是……有句话说得好：不要夸大其词，也不要落井下石。凡事适度。"

"就你的才华而言，我很同意：它很适度，一点儿也不多。"

---

① sic transit gloria mundi：拉丁语，意为"世上的荣耀就这样逝去"。这句话曾在 1409 年至 1963 年的教皇加冕典礼上使用。

② aquae destillatae：拉丁语，暗示"纯属废话"。俄语中，有"太多水"的写作意味着"肉不多"。

③ 暗示列宁于 1913 年出版的《马克思主义的三个来源和三个组成部分》。

④《审判前夜》：契诃夫写于 1886 年的故事，其叙述者因重婚罪而受审，在审判的前夜，他伪装成医生给一位胸口痛的漂亮女人开了一份处方：Sic transit（任其消逝）0.05，Gloria mundi（世上荣耀）1.0，Aquae Destillatae（蒸馏水）0.1，每两小时一汤匙。"

"我们最好终止这场谈话。我很困惑，我们之间恐怕有误会。可以说，你我出自同一个墨水池，被同一支笔养育。为什么要争论？"

"说到点子上了，你的方式太老套：作家写一点儿，读者读一点儿，评论家鞭挞一通。你得懂得如何成为自己的读者、鞭挞者。"

"说实话，你的方式才老套。那些富裕的、顽固又愚蠢的地主们曾经豢养过所谓的'门客'和'肘人'。门客负责讲五花八门的传奇故事，同时，肘人负责用胳膊肘轻推他，防止他打瞌睡。相信我，我们中每个人都被七个肘人监督着①，所以我们无需任何自我推挤。"

从队伍末端某处突然传来轻柔却清楚的声音。小说和文章下意识地转身望去。在队伍末尾立着一个细长腿的短篇。他的嘴巴裹入一条黑围巾，蜷缩而颤抖的身体裹在一件交叉划线的单薄破旧的披风里。当他抬起深陷眼眶却明亮的眼睛时，吵闹的人群一下子安静了，听这位新的参与者说话：

"对我来说，讲话太难了。我担心今天也是如此，没有足够的墨水供我四方游走，我将仅作为构思而留存。好吧，祝你们一路顺风！——从普通钢笔的书写到印刷符号，为了

---

① 这是一句古老的俄罗斯谚语的改写："每个讲故事的人都面对七个惊呼者"，暗指苏联严格的审查制度。

千百万双眼睛。我将等待。我是在一个无眠之夜被唤起的。我名为'最后的会面'。我的概要很简单：一位作家半夜醒来，感到屋里有不速之客；确实，黑暗中，在他书桌旁的扶手椅上，一个模糊的身影在晃动，俯身于一篇未完成的手稿。被惊醒的人伸手去拿他的眼镜，但他的手指没有找到熟悉的盒子。'谁在那儿？'他问。'是我，你的良知，'传来一声微弱得几乎听不见的回答，'我是来告别的，这是我们最后一次会面。'那人从枕上抬头，迷惘地盯着他的客人。在那女人的脸上，在她苦涩的嘴角皱纹里，有一种无比珍贵而亲近，却同时又如此遥远的东西。'那怎么行？'那人说，'我活着没有你，就好比没有我自己。留下来吧……'

"他的良知翻阅他最近的手稿。

"'不要，请不要离开。'

"'你还记得吗，'半夜来客说，将她可爱的脸庞转向那人，'你还记得我们一起写的一个童话故事吗？关于一个男人，一位极古怪的人，他指控真理说谎，从而让真理大为痛苦。那个故事后来怎样了？'

"'它被盖戳：**不可印刷**。但我得说，你比任何审查官都更厉害，你几乎划掉了我年轻岁月里所写的一切。'

"'但我留给你——记得吗？——那个故事：一个人为了让明天更快到来以拯救今天，让自己的生命被鲜血而不是墨

水淹没。'

"'我记得。'

"'那故事确实有点歇斯底里，你的偏见笼罩了形式，因此我……我不想争辩。我不是美学教授，我只是你的良知。好了，再见……'

"情节同志们，你们根本没听我说。"

"嗯？什么？我承认我打了个盹儿……"

"不，不——我在听。作为一个作家对另一个作家，我真诚的建议是：安静地等着轮到你。请允许我介绍自己：《徒劳之旅》，一篇抒情小文。"

"讲什么的？"

"开篇是普希金写的那辆'生命的驿车'。马车的轮子沿着生命大道穿过早上、午时和黄昏。接着是普希金著名的'停留之地'。在诗的第四节，生命突然停止。我在此处进入富有节奏的诸意象：旅程结束，被载过车辙坑洼的那人沉入永睡，而这辆空荡的生命马车穿过黑暗继续前行。我强调一点：它是空的。"

"那您就该坐上这空马车离开队列，去找怪人或爱哭鬼吧。我来代替您。"

"你从哪儿来？"

"从四面八方来。一个出没于卡巴莱 [①] 的人，一个小丑，一出戏里的笑声，简单地说，一个梗概。"

"详细点讲？"

"我出自七位作者。够详细吧？我不企图达到任何道德高度。幕布升起。两个角色，他们都是象棋手。第一个正等他的朋友，在棋盘上摆好木头棋。这时，第二个角色出场。他带着各种小包裹，两三瓶伏特加探出他外套的口袋。他把棋子扫回棋盒，将八个红色、八个白色的烈酒杯分别放到第二列和第七列。他的主人看上去相当困惑。但他的老棋友已经在排布第一列和第八列了——红对白——四个结实的红酒杯做象，四个矮胖的烈酒杯做车，如此这般。尚未开瓶塞的酒瓶汩汩作响，众棋子和卒子被灌满——棋局现在开始。开局：两个王前卒出动。兑卒子：两个棋手各自喝干对方卒子，沉思后续步骤。接下来，一个罕见的走法：兑王后。两个朋友碰了碰玻璃王后，将其一饮而尽，这使得对局更加白热化。白方牺牲了一个象，红方把象里的伏特加喝得一滴不剩后，却失手于敌手巧妙的战术组合，接连丢掉两个玻璃卒子——被他的同伴煞有介事地喝下，算是为他的健康干杯。该有点食物了。但谁去弄些来呢？两人都有失去时间的焦

[①] 卡巴莱：一种歌舞或滑稽短剧的现场表演，通常在餐馆或夜总会中演出。

虑，棋盘渐渐空了。白方想喝掉红方的王，但是……"

"停止这种庸俗的胡乱梗概。乖乖站一旁去。我急于被编入下一期文学论述专刊。"

"情节公民们，请允许我把话讲完。这是一场在节假日举行的液体象棋比赛，这一天，每一位公民都享有自娱自乐的权利。"

"我敢打赌，你是在我们主人的才华休假时被构思出来的。站一边去。"

"我可不想站一边！思想并不是我的长项。但我向你保证，深度思考的同志，脑髓丰富的同志，我们的主人——那里的那个人，手拿钢笔、不知该从我们中哪一个开始的人——他将从我开始，而不是从你们这些乏味的、问题重重的乌合之众。你们知道那句谚语：'笑声站在门口已多日，但它是主角。'"

"那你继续站着。论文优先。"

"论什么的？"

"我当然什么也没论，正如一切值得尊重的论文。你如果论述某物，就必得出某个结论。如此，你的论述就没有再提升的空间。比如，我们争论天才。拿列夫·托尔斯泰来说，他显然是个天才，站在整个文化最前沿的天才，一个显著的进步的天才。但是，正如赤裸的事实所表明的，托尔斯泰的信仰相当保守，如白底黑字……不，粉底黑字。因此，托尔斯泰不是一位天才……然而，他确实是位天才！那么，该怎么办？"

"请原谅，亲爱的文章，又是我——那位梗概。我建议你不要从天才开始，从庸才开始。也就是说，从天才的倒置开始，这样便于理解。当然我没有哲学学位，我极其厌恶一切大学课程和讲座。我就是一篇潦草的梗概，为了几个戈比，但是相信我吧，亲爱的同事，我……"

"请不要打断我。那么，文学是由字母构成的，iter（拉丁语'旅途'），等等。"

"行吧，这有点儿意思。请允许我介绍自己：我是戏剧。"

"你的标题呢，节目单上的名字？"

"我是三幕剧《罗森格兰兹学吹竖笛》。"

"那好，讲讲你的三幕剧。究竟是写什么的？我嗅到一点儿莎士比亚味。"

"非常正确。我出自《哈姆雷特》的一道裂缝。我正试图挤入第四幕的两个场景之间。你们是否记得哈姆雷特与吉尔登斯吞、罗森格兰兹（这两个'半人'）的对话？与罗森格兰兹谈话时，王子说他很怀疑一个不会吹竖笛（一支愚蠢的木头笛）的人，怎么会认为他能够吹弄哈姆雷特的灵魂^①。于是，我第一幕的第一场始于罗森格兰兹，他仔细思量过哈姆雷特的话之后，认真学起了吹竖笛。按重要的说，首先是笛子，然后是灵魂。西方当下的外交政策——我不会弄错的——就好比罗森格兰兹学习如何吹奏人的灵魂。"

"听起来值得探讨。"

"也许吧。想象一下在寒冷的北海，一艘平静的船，船帆收拢，船桨拍打海浪，哈姆雷特王子坐在船尾，身披一件黑斗篷，聆听罗森格兰兹吹奏音阶。此乃他想出铲除恶棍的计划之时——他们先是学会吹竖笛，然后吹弄人的灵魂，一个不朽的人类灵魂！那发生在我第二幕的第三场。"

"别挤！都不让我好好听完，你到底要去哪儿？都跟你讲过一千次了……"

"啊，但我这是第一千零二次发言。我名其为《山鲁佐德的第一千零二夜》。"^②

"什么东西？不会是爱伦·坡的……"

"不是。听好了，你们会明白的。构思公民们，你们肯

---

① 该作家误记了《哈姆雷特》。这一幕发生在第三幕，而不是第四幕，王子对吉尔登斯吞而非罗森格兰兹说："该死，你以为我比笛子更容易吹弄吗？"

② 与爱伦·坡的《山鲁佐德的第一千零二个故事》相区别：在坡的故事里，山鲁佐德被国王处死了。

定还记得伟大的山鲁佐德之圆圈是如何开始的。一位商人坐在店铺过道里，一边吃枣子一边吐枣核，其中一个枣核击中一个飞过的精怪，把它打死了。死去精怪的父亲，也即魔王，要求一命抵一命，一颗人心抵一颗枣核。这位商人请求延期偿命，好处理一些事情和债务，由此带出一系列故事。在第二个讲给国王听的故事里，那颗枣核被遗忘了。然而那枣核落地后，肯定萌芽长成一棵长寿的枣树。这不过是开场白，我才是本故事——仔细听我讲，你们会得到一千零三夜、一千零三个故事。

"众所周知，在伟大的伊朗国王的卧室，一夜接一夜，山鲁佐德的妹妹敦亚扎德总陪在身旁，每当故事让位于爱情时，妹妹就会退避。一千个故事——那得是一千个夜晚，一年又一年。在第七百个故事时，小敦亚扎德从一个小孩子变成了少女，在第九百个故事时，她从少女变成处女。

"她那位聪明的姐姐山鲁佐德知道很多故事，但每个大水罐都有底，而每个底都有沉渣。她的奇闻轶事所剩无几，在梦里她常看到一把白斧头的黑影子擦过她脖子。一天晚上，当姊妹俩走向国王的卧室，山鲁佐德拥抱了敦亚扎德，哭了起来。她说，那一夜她将为她讲最后一个故事，第二天，国王会把她交给刽子手。

"然而，当山鲁佐德在那短暂的夏夜讲完她的故事后，敦亚扎德离开卧室，经过打盹的卫兵走向玫瑰色清晨，这时，她看到离宫殿一百步远的地方，在一棵东方梧桐树的垂枝下，有一位年轻人背靠着树干。尽管黑夜仍以它的星光抵抗着阳光，敦亚扎德还是认出了那位年轻人。他就是著名的诗人阿里－贾梅丁，任何能听到驼铃叮当的地方，都能听到他的名字被颂扬。贾梅丁恭敬地鞠躬，告诉美丽的敦亚扎德，他是来为她献上自己所有的诗篇、所有的心跳及整个生命的，如果美丽的女孩如此要求。

"她回答说，她既不需要他的灵魂，也不需要他的心跳，但是她请求得到一些故事，用以保护她的姐姐不被屠斧砍头。贾梅丁用手指碰碰自己的前额和左胸说，每天日落前，他的故事就会升起，他以他的芦苇笔起誓。

"于是他们开始会面。每天晚上，阿里－贾梅丁在宫殿入口处与姊妹俩碰面，交给敦亚扎德一个短卷轴，里面是一个短如巴格达夏夜的短篇故事。

"当伟大的国王告诉山鲁佐德她有权保持沉默，不用再为他讲故事时，山鲁佐德跪到这位国王面前，她给他生了五个孩子、讲了一千零一个故事，请求他撮合她的妹妹和诗人阿里－贾梅丁的心灵和灵魂。国王那天正好神清气爽，大笑起来，当即许下一笔慷慨聘金，说道：'就这样成了。'"

一阵短暂的停顿。接着，故事的背后响起一个轻柔却有点结巴的嗓音：

"我也来自东方梦幻之地。我的主题如下：在土耳其，有一位富商和一位穷鞋匠。富商有一个美丽的女儿，鞋匠爱着她，但他甚至都不敢梦想靠近那骄傲的美人。他的锤子敲打，他悲哀的心也在敲打，而日子如山间的溪水流走。这天，有一个老人走入鞋匠（我们就叫他哈桑）的店铺，正是美丽的吉美尔的父亲。他向哈桑订了一双便鞋。然而，哈桑老是惦记着吉美尔的黑眼睛和细脚踝，把鞋做得太小、太窄了。老人很愤怒，他指控哈桑偷了他的皮革。根据古代土耳其法律，工匠如果缺斤短两了，就必须受惩罚。也即：当着一位法官以及长老们的面，将这个罪人的左耳钉在他的店门上，从晨祷一直到晚祷。哈桑被吉美尔的父亲拉到法庭，法官判决他得接受这种惩罚。这时，原告、法官、证人们来到悲痛的哈桑身边执行判决，却发现这位鞋匠可怜的小店连个门都没有。于是，富商征得法官同意，押着倒霉的哈桑来到他自己的门前。被告的左耳被如愿钉在一块门板上，用的是一根鞋钉。一个小时过去，又一小时过去了。接着，哈桑突然听到门里响起温柔的女声，甜美如汩汩溪流。他那只被钉在门上的耳朵连最细柔的词语都听得清清楚楚。那声音恰是……"

"嘘嘘！安静。他刚蘸了一下笔。回队列去。他要开始写作了。"

"排好队，主题公民们。"

"噢，我好焦渴，能不能得到一滴墨水。"

"我要渴死了！"

"嘘嘘！"

就在那时，墙上的电话响了。作家走到话筒前，说了四五次"嗯，是，好的，我马上到"。他放好听筒，回到书桌前，盖上墨水池的盖子，走到衣帽架前穿上外套、靴子，啪的一声关了灯。门砰地关上。主题们默默地散开去。

1940

窗户

1

事实上，以利亚·伊里奇·维特尤宁甚至都没有注意到，他如何从维特尤宁先生变成了维特尤宁同志。

他从一个银行算盘的细轴上缓慢而固执地起步：一开始，人们信任他，让他沿细木轴轻弹戈比和卢布；然后，他们让他经手成百上千的账目；最后，他负责百万账目。自那以后，窗口上方赫然出现一块小牌，而维特尤宁先生或同志整个职业生涯所面对的低矮的出纳小窗，不比一个狗窝门栅更高。窗上方是七个黑色字母块：CASHIER（出纳）。

透过他的出纳小窗，维特尤宁观察世界已有二十九年零四个月了，离退休只剩屈指可数的几周。维特尤宁眼见过无数张眨眼的五卢布、十卢布以及发黄的三卢布钞票，看得眼都泛黄了。因两三次点数错误，他被带去一个委员会，这导致了他被提前解职，领取退休金和津贴。

大约在维特尤宁放弃用拇指点数钞票的前两年，他加入了一个合作公寓。作为准时付款的回报，合作公寓分给他一间位于一栋新粉刷的公社大楼七楼的房间。

养老金领取者维特尤宁搬入了他生前最后的住处。

2

起先,维特尤宁忙于填满他住所的四壁和整个房间。他设法用几张从库兹涅茨基买来的地图和两三张彩色革命版画来抚慰这个房间。但四方体越发贪婪,他只好花去半个月的养老金买了一张床,它嘎吱作响,像一个人的良心。

但所有这些并没有让前出纳员烦恼。唯一折磨他神经的,是那窗户,一扇有六个窗格的、开阔的意大利高窗。他已习惯了连续三十年生活在低窄突出的出纳小窗下。到这里,突然变成一扇广角大窗,如玻璃湖,涌入了过量的阳光。

维特尤宁整天都努力背对着窗。他的眼睛寻找着阴影和圆角。到了晚上,关于月亮的怪梦令他不安。他梦见蓝色月光如溪流般流过他,像从人的指间流过。他身体僵麻着醒来,透过宽阔而透明的窗户膜,他看到的要么是倾泻的月光,要么是蓝月般的街灯。那窗使他辗转反侧,他天不亮就醒来,而在白天,那窗也不让他安宁,令其思绪惶然。

3

维特尤宁求教于他三十年的出纳窗口生涯，那些年月塞给他一些建议。于是，维特尤宁叫来一位玻璃工和一位木匠。两位工人听到要干的事，以右手挠挠头，索钱买伏特加。维特尤宁答应了。然后，这种活计对工人们就不那么奇怪了，他们离开时还善良地说："好吧，干吗不呢？"

三天后，意大利风格的窗框——在锤子和斧子的叮咣声中——被换下来，换成了一扇颇古怪的窗样物。窗的整个上半部分被无窗框的胶合板覆盖，下半部分亦然，只是在与窗台齐平处留了一个小小的拱窗洞。外面，黑体字隐约可见：**出纳**。里面则是一个黄色的交易挡板，手指一碰就能落下。

工人们调整好窗框，收了小费就离开了。那晚，出纳员第一次睡了个踏实觉。次日早上，在他应该到办公室的前一小时，他起了床，喝一杯茶，穿上适合的衣服，在九点十五分准时升起窗口黄色挡板。清晨的雨滴愉快地拍打窗台，麻雀在窗台锡板上叽喳。这位出纳员亲切地眯眼，等着——习惯性地用手掌捂住早晨的哈欠——今天的第一笔存款或取款。

自那天早上，他的日子开始复位，如脱臼的大腿骨被放回骨窝。

4

黄昏时分。太阳遁入黑云帘幕，以免被人看到它的坠落。蒙蒙细雨点洒街巷。

两个男人走着，靠近一堵湿墙。他们因自己毛细血管里的酒精雨而亲密一致。

"你觉得，"一个人抬头看向七楼，斜着眼说，"那上面是什么？像个蜂巢入口，顶上还有字号。我找不到夹鼻眼镜了，再说，这雨会让镜片起雾。"

另一个人也抬头，对着仍然漆黑的大楼顶层那亮灯的窗盯视良久：

"**出纳**（Cashier）。见鬼！出纳。那是什么意思？为啥？出纳给谁？"

"哦，注意了，整栋楼都黑着，那个窗看上去像是……从仙、仙后座（Cassiopeia）掉下来的。"

"嗯，落到第七楼。都没有消防梯。没法去那儿拿你的钱。"

"没门。那儿只有灯光，在出纳的……仙后座的窗户里。我们去喝一杯吧。"

"该死的小雨。我们喝酒去。"

像一道狭窄的黄色裂缝高耸在昏暗的街道上方，那小窗洞继续飘向漆黑的夜，慢慢渗入大气。

1933

鸟笼之旅

1

这件事发生于1913年9月的一天,沃兹波罗渥车站[①]。一队由奥地利快车运送的旅客聚集在边境,正跟在搬运工后面通过海关检查。行李箱、皮包、盖子掀开的手提箱,一声声活泼的"雪茄——香烟——酒""额外付费""下一个",层层叠叠——突然有人开始唱《马赛曲》。忧虑的马刺在柏油路上铿锵,所有的人都惊恐地转向那声音——是谁?几乎所有嘴都紧闭,只有两三张因吃惊而半张开。令人费解的是,藏在一堆包袱和手提箱下面,这首《马赛曲》仍发出刺耳的喉音——卷舌r音,好像什么事也没发生。行李箱被挪开,在光秃秃的柏油路上立着一个圆形金属丝鸟笼,鸟笼里有一只鹦鹉。从它那鹰钩鸟嘴里发出短促欢快的吱吱声,从一小节攀升到另一小节,唱着《马赛曲》。

几缕微笑缩回大衣领子。一位敦实的剃净胡须的绅士,

[①] 位于德俄边境,欧洲56.5英寸宽度的铁轨在此结束,俄国60.5英寸的铁轨开始,所以旅客需换乘。

金牙闪烁，在雪茄烟雾中说："那只鸟的口音很棒。"宪兵的眼睛搜寻着鸟笼的主人。但是他宁愿不被发现。一辆缓冲器像中世纪手鼓般梆梆响的俄国火车驶入车站。柏油路空了。那只鸟笼被密封，作为未获通行批准的货物送往仓库。

接收员仔细检查了鸟笼和鸟。笼子的圆底年久发黑，带有贴纸和邮票的痕迹。那只鹦鹉，在它被关入这个笼子之前显然游荡了很久，在许多不同的旅店和国家落脚。笼栅后面的鹦鹉一副愠怒模样，仿佛在说：是的，游荡得太久。它那弯曲的喙厌恶地藏在蓝灰色硬颈羽里，眼皮里阴云密布，仿佛隐藏了数不清的年月。

2

海关的一个官员对这只鸟很感兴趣，但这只鸟对他不感兴趣。他会伸出一根戴着婚戒的手指在笼栅间捅戳，试图引起鹦鹉的注意。那只鹦鹉几乎懒得抬起它的眼皮，只是漫不经心地斜瞄一下那根手指，就沿着横杠侧开身去。

因为这个囚徒需要喂养，那位官员就建议将鸟笼从仓库移到他的公寓里。他一定是出于一种模糊的联想才这样做的，他年轻的妻子刚从彼得堡来到这偏僻的边境，她是位音乐家，因为这只鹦鹉表现出对鲁热·德·利尔[①]的作品的熟悉，那么……鸟笼被安置在小客厅的一个角落，与一架黑色清漆面的钢琴相距三步远，钢琴和乐谱架上方摆着一座贝多芬的石膏雕像。

官员从早忙到晚。他的太太整天独自待着，她会弹弹旧乐谱，给彼得堡的朋友们写写信，听听过往火车的笛声。夜晚到来，她的丈夫回到家，带回一些发生在海关的奇闻。有时他会带同事回家，那些同事们会先请她弹点儿什么，接着，礼貌地笑笑，坐下玩扑克牌，接着是"随便来点儿什么"。随便来的总是伏特加和冷盘开胃菜。晚餐后，脸上泛着红光的客人们会围着笼子里的鹦鹉轻敲笼栅，深情而固执地请求："给我们唱唱《马赛曲》，小鹦鹉。你现在能唱了——这儿只有我们，唱唱嘛，漂亮的鹦鹉，唱唱——'前进，儿女们'[②]……唱一个，好吗？"

但是那只鸟蔑视地移开鸟嘴，以沉默或短促而愤怒的一声尖叫作答。

客人们叹气，接着分享一点儿海关的闲言碎语，然后就

---

① 鲁热·德·利尔（Rouget de Lisle, 1760—1836）：法国诗人、作曲家，《马赛曲》词、曲的作者。

② 完整歌词为："前进，祖国的儿女们，光荣的日子已来临！"（Allons enfants de la Patrie, Le jour de gloire est arrivé！）

互祝晚安回家去了。然而，那只鹦鹉在夜里显然另有打算。有一次，夫妻俩被一声尖利高亢的哨音惊醒。丈夫仍半睡半醒，头重脚轻地下床，站起身，妻子拉住他的胳膊："嘘！"从另一个房间传来的声音如一根精美音线，恰是贝多芬《热情奏鸣曲》的第一段柔板。

为了不打扰这柔板，妻子光着脚，偷偷走到门边，把门半开。黑暗中，那只鸟笼显出轮廓——那只鸟正温柔地唱着，仿佛对自己清唱，准确地遵循旋律的节拍、切分与悲怆。

第二天早上，像往常一样，妻子和鸟笼被独自留下，她打开鸟笼，想去轻抚那鸟。鹦鹉昂首竖翅，怒啄她的手指。

3

战争的狂风卷走了边境，接着扫走东西方吹来的灰色、蓝色的漂浮物，将它们卷入灰蓝色的战争旋涡。边境官员们发现己方失去了边界，不得不紧急撤退。但是退向东方的所有铁路都被红色货车堵住了，而同时西方的天空在炮火中分崩离析。已经没有时间顾及鸟笼和钢琴——能逃命就不错了。听到附近的德语话音和野战电话里带鼻音的冗长的结巴，鹦鹉半睁它那珍珠般的圆眼。靴子们急急忙忙出入。没人打扰白色贝多芬像、这只鸟或它眼皮底下的琴键。鹦鹉陷入了习惯性的半嗜睡状态，它只被伴着"德意志，德意志高于一切"①而来的响亮脚步惊醒过一两次——那声音如獠牙般砸在琴键上。哒哒哒的机枪向东方撤退，很快又叽叽喳喳地飞回来。电话里的结巴变得短促、快速，然后突然中断，寂静。

4

副舰长科皮卡担负着三十七个年头、八枚黄铜星、一个妻子以及三个孩子。在和平时期，通向那纹章上两道坚实的杠的晋级之路漫长乏味得令人绝望。一只鼓敲出日子、月份、年岁、扣减、牌局欠账，"这样，那样"——正如副舰长科皮卡所言。但如今，你瞧，要么成为尸体，要么晋升上校——一个没什么名头的上校。被硬塞入复杂交错的肩腰带后，科皮卡被送往前线。他那位脸颊透着玫瑰红、留一头赤褐色卷发的妻子开始收到来自战场的、带有整齐编号的信件。之后，在出现零星霜冻的十月的一个早晨，门铃响了，门廊里出现一个欢快的士兵，他咧嘴一笑："来自尊夫。"他从左袖口变出了一个带编号的信封，同时左手腕晃出一只圆鸟笼，里面有一只花哨阴郁的鸟："给小家伙们的礼物，夫

---

① Deutschland, Deutschland über alles：《德意志之歌》的第一句。这首歌在 1914 年 10 月的兰格马克（Langemarck）之战后流行起来。

人。"那只鸟受到了热烈的欢迎。两个小男孩——他俩本来就像长腿的涉水鸟——和一个安静的大眼睛小姑娘抢着把鸟笼挂到炉子上方，以便让这只鸟暖和过来，随后在母亲的尖叫中，又把它移到育儿室的中央，六只脚踝围着鹦鹉欢快地起舞。鹦鹉几乎不睁眼，嗔一声："Halt！"（停下！），稍后又说："Feuer！"（开火！）这音效实在骇人，孩子们跑到母亲那里请求解释，并希望能让鹦鹉别再重复那些词了。他们的结论是，因为曾经待在战场上，这只鸟暂时聋了，过阵子它就能说话了。

鹦鹉是从**那边**来的，因此成了无尽优待的对象：他们用糖和蚂蚁蛋喂它。他们像朋友般对它说话，用最深情的名字呼唤它。但是这只没礼貌的鸟总是背过身，报以沉默。

出于某种原因，信件也沉默了。其中一封带编号的信被卡在千里之外的某个地方。之后，一封电报替代信件到来，只有短短两行。先是颤抖的手指摸索折叠的纸条，然后是眼睛盯看——再看——又看一次，随即一声哭喊，喊出一个恐怖的"杀"："他们杀——死——了他！"公寓里一下子挤满了陌生人。孩子们藏在角落里，像一群被吓坏的幼崽，他们母亲的牙齿磕碰着溅水的杯子，一遍一遍轻声单调地说，像在死记硬背一个很难的外语短语："他们杀——死了他，他们杀——杀了他……"

一星期过去了——又一个星期——一个月。遗忘的草叶喜欢泪水的浇灌：这有助于它生长。陌生的人们已表示过同情，正在别处表示同情（战争时期，对同情的需求超过供给），但陌生人中的某一位——这种事时而发生——会从陌生人变成亲密者。他胜过科皮卡的主要优势不在于他的胡子更红、更硬挺，而是因为他不是一具尸体。

总之，两个人为什么不能偶尔去看场电影，或去街角的高加索酒窖，那儿有私人隔间。餐厅墙壁上的可撕日历已被替换，来征询意见的裁缝认为白色最适合赤褐色头发。婚礼的准备不算漫长，也没有特别麻烦。因为愚蠢的战争，没什么能抑制高涨的物价。人们完全忘记了那只鹦鹉。孩子们多少也被遗忘了。然而喜庆当天，他们下巴底下打着淡蓝色的丝绸领结。再来一个"然而"：婚礼非常低调，理应如此。上年纪的约希姆神父和几位客人被请来"吃顿便饭"，神父刚用嘴唇碰了碰酒杯，眨着蓝眼睛正要说话，隔壁房间突然传来一声撕心裂肺的哀号："他们杀——死——了他！"一声尖利的喉部颤音："他们杀——杀——了他！"困惑的客人们从桌旁起身，向主人投去问询的目光。新娘的脸色煞白如婚纱。赶紧——弄走那只鸟。鸟笼被迅速塞到一个角落里。但是那只顽固的鹦鹉继续不依不饶地叫："他们杀——杀——了他！"

"他们杀——杀——了他"被用床单裹起来，用枕头压住，但它仍发出闷声，一直叫——以高分贝的烦人的音调，夹着咯咯声与尖叫，穿过一堵堵墙、一道道门——深深地啄入庆典。于是，就像那个与旧日历一起被扔掉的早晨，一个杯子又开始磕碰被痉挛锁定的牙齿；新郎和嘉宾们围着那阵痉挛闹哄哄地忙乱，孩子们则呆坐着，鼻子埋入蝴蝶结，而与之同时，约希姆神父以左手轻拍他们的小脑袋，右手撸起翅膀般宽大的黑色衣袖，在他们因痛苦而皱起的眉头上方画十字。

新任丈夫不喜欢那只鹦鹉。孩子们不被允许和这只羽毛鲜艳的鸟玩耍了。笼子从儿童房移到厨房，挂在一张脏兮兮的蓝、黄、红、绿相间的画旁，上面描绘的是等待罪人和无悔者的地狱般的折磨。那张画的颜色与鸟的羽毛倒是出奇的般配。温暖的炉子冒出蓝灰色的烟气。鹦鹉带环纹的脚紧抓横杠，竖起羽毛，用弯喙把它们清理干净。冬季炉子散发的些许热量没准儿让它想起了很久以前的温暖国度，那里，大海与天空试图把彼此染得更蓝，懒洋洋的棕榈打着瞌睡，将手指般的绿叶伸入湿润的季风暖流。这只鸟似乎在考虑着重返家园。

附近住宅里的厨子和女仆们有时会聚在厨房里，议论一些偷偷摸摸的风流韵事，或从客厅以及卧室里流出的秘闻。

他们时而会提到那位沉默的聆听者——鹦鹉。拉过一只脚凳，厨子安菲米娅说，在没人的时候，那位"新来的先生"曾经溜到鸟笼旁，用叉子戳那鹦鹉。"那只鸟叫得太惨了！我从客厅一路跑过去。他扔下叉子就走掉了。我看见他了，哦，他会弄死那只鸟的。"

之后不久，要么是因为厨子的悄悄话，要么是"新来的先生"的授意，那只鸟连同鸟笼一起被送给了约希姆神父——一位热爱各种奇珍异宝的人。

5

低矮的天花板。白色墙壁。圣像蜷缩在墙角。那鸟笼挂在一个窗台上，窗台上长满了带刺的鳍状和球状的仙人掌。约希姆神父给访客作介绍时会说："这些是我家的精怪。"

然而，这样的时候很少，因为这位老神父独居的家安静僻陋，几乎没人打扰他。教堂里的仪式和侍奉渐渐移交给了年轻的助理，他现在走动的范围很少越过陋室地板的末端。在他脚步的重压下，那地板嘎吱响。约希姆神父更有耐心了。当有人问："尊敬的神父，您的腰为什么弯了？"他会抚摸着黄白胡须回答："我在对死神鞠躬呢。"在一个与鸟笼齐平的木板架上，书脊紧贴书脊整齐排列着二三十本书：《俄国朝圣者》《去往圣地》《信仰的磐石》，凯哥罗多夫的《候鸟》

《钓鱼记》，斯蒂凡·雅沃斯基的《与我的书悲伤地告别》。

神父生活安静，一成不变。白天，透过敞开的窗传来钟楼的铜铃声、教堂走廊里老妇们刺耳的声音和车轮在鹅卵石上的碰撞声。夜里，当风湿病让他难以入睡时，约希姆神父就会在嘎吱的地板上来回走动，有时和鹦鹉说说话。他会告诉鹦鹉七大公会议[①]、亚当的三根树干[②]、底比斯隐士、圣方济各的圣痕和《基辅洞经》上记录的奇迹[③]；一只在耶稣受难日翅膀张开、倒挂树枝的鸟儿[④]；耶稣复活那夜降临在耶路撒冷教堂灯上的火[⑤]；然后一遍遍重复这些，大公会议、三根树干等。

鹦鹉瞪着漠不关心的圆眼，在笼栅上擦拭自己的鸟喙。

分秒如水滴聚成分钟，分钟如小溪汇成小时，小时溪流般淌成昼夜，昼夜的支流汇入年月的河道。一开始，神父

[①] 东正教认可的基督教会议（325—787）。

[②] 根据一个斯拉夫传说，亚当葬在各各他，头戴一顶由知识之树的树枝编织而成的花冠，这顶花冠长成了一棵有三根树干的树。第一个是亚当，第二个是夏娃，第三个是上帝。耶稣在各各他被钉的那个十字架，是用亚当头上长出来的树的木头做成的。

[③] 描写了 11 世纪基辅的洞穴修道院的建立和它的首批居住者。

[④] 可能是约希姆神父自己杜撰的传说。在求偶期（春天），蓝色的天堂鸟会张开翅膀倒挂在一根树枝上。

[⑤] 东正教徒所说的每年复活节前一天在耶路撒冷的圣墓教堂奇迹般出现的圣火。

用一些圆锥形袋子里的草籽喂鹦鹉，之后，他把一些小米泡在它的水杯里，最后，他在它的鸟喙下放一块黑漆漆的面包屑——这已经很罕见了。鹦鹉会啄食一点儿，然后厌恶地转身，弓着背睡大觉，即使是附近钟楼笼子里的那个每日报出时辰的大钟也不能再唤醒它。但是有一天，从远在小镇之外的某个地方传来一阵沉闷而轰隆的鸣响。鹦鹉半睁开眼，斜倾脑袋。它好像想起什么。约希姆神父画个十字，拉好挡窗板。街上先是车轮沉重滚过的嘈杂声。接着，鸦雀无声：**他们**来了。但仅仅过了几天，远处又传来轰鸣的钟声，"他们"开始说：**他们**要来了。那个词藏在每一条曲巷里，潜入每扇门，有时会出现在十张或二十来张嘴边，来到约希姆神父的陋室和他耳语着什么。就连那只盯着挡住光线的护窗板的鹦鹉，也在它的水杯上竖起羽毛说一声："他们。"

一天，四壁白墙的小房间迎来了两位访客，是从很远的尼克诺夫卡村来的农民。他们画十字，叹口气，然后恭请约希姆神父接管他们的教区。他们解释说，他们那里的神父离开了，却没有派人来接替，时局混乱而艰难，教堂里一片寂静，没人主持礼拜。

约希姆神父答应了。很快，一辆车窗破碎的绿皮火车上便搭载了一个背包、一位神父和一个圆鸟笼。然而，它的停靠多过了行进：它会停在大大小小的岔口、非岔口、车站、停靠点、月台、转换点，甚至一片田野中央，没人知道为什么。风灌入无遮挡的窗，神父的风湿病在他关节里蠢蠢欲动，但是他既不能伸直双腿，也不能躺在暖和点儿的东西下面。周围全是相互堆叠的身体，辛辣的烟草气味充斥他鼻孔，亵渎充斥他耳朵，再加上咀嚼声与鼾声。"什么时候才能到尼克诺夫卡？"神父一直问。有人说"快了"，另一些人说"还早呢"，其余的人都沉默地转过身。时而是磨损的车轴嘎吱作响，时而是钢铁相碰的刹车声。在第一次挪动时，鸟笼的两根栅栏被人挤弯了，使笼子显得更加狭促。神父事先以麻袋围住鸟笼以防寒，而鹦鹉有时会在里面用它的喙撞击栅栏，显然是为了提醒别人它的存在。

那是一个火车接连误点、线路混乱的年代，火车轮就像地球一样，沿轨道转出各自的本轮[①]……任何一个涉及出发点与抵达点的问题，都比关于两点之间的那道无解的数学题更加无解。北方变南方，太阳东沉。约希姆神父被不断转换的车次弄迷糊了，再加上失眠、分岔的线路，引擎时而向前、时而向后地猛拉，神父已经不知道自己身处何方，该去何处了。他记不得尼克诺夫卡在哪儿，也记不得自己是从哪儿来的。在第四个小时的车程结束时，他再次发现自己处于

---

①"本轮"是托勒密宇宙学中诸行星各自的小圆，其中心环绕地球转出大圆。

两班列车之间：一列已开走，另一列还没来。人群与行李大量堆积在站台。老人放下背包，坐在上面，裹紧教袍，然后将太阳穴紧贴鸟笼睡去。一阵寒风在电线间吟唱，随后干涩刺痛的雪花飘落。但是这位沉睡者只是更紧地裹紧自己，睡得更沉。有什么东西让站台剧烈震颤，然后是跺脚声与水壶的碰撞声。心理学家莫里[①]所做的实验允许我们这样假设，锡与锡的碰撞声，在穿透沉睡的大脑时，很容易变成复活节的钟声或者……但是麻袋内的几下轻啄让约希姆神父突然站起来，睁开眼。站台前是一列军列。红色车厢里的灰色细平布吵吵嚷嚷，吼着歌曲。神父几乎拎不动背包了，他的意识不再清醒，在能被克服的睡意之外，另一个无法克服的永恒睡意笼罩他的双眼。他迈开沉重的脚步，如一个盲人那样走着，经过那些窗洞，嘴里念叨："尼克诺夫卡——尼克诺夫卡。"从第一个窗洞传出的手风琴的呜咽声甚至挡住了他念叨的去路；从第二个窗洞他听到哄笑声和人们的提醒："钻进你的鸟笼吧，神父，飞走吧！"；从第三个窗洞传来泼冷茶水声："嘘！"接着从背包底下，从恳求者的左手底下，突然迸发一阵断续的带喉音的咒骂。原来那阵不小心的泼水突然唤醒了最复杂而曲折的亵渎之词。从喘鸣声上升到哨音，这

---

① 阿尔弗雷德·莫里（Alfred Maury, 1817—1892）：19 世纪法国学者，
　 曾研究外部刺激与梦的关系。

只鸟的颤音越来越快，口吐脏话。约希姆神父惊骇地放下鸟笼。这列货车的运载物从敞开的车门涌出，一张张欢快的嘴巴笑道：

"这小鸟厉害了！"

"别停下，鹦鹉，呵呵。"

"加油啊，别让我们失望。"

"这算什么神父啊——把什么都藏在罩衫下，那只鸟可机灵了。"

"抓住教袍把他拎上来，伙计们，把那鹦鹉也拎上。我们来一趟狂野之旅。"

五分钟后，列车启动。其中一个车厢里，约希姆神父躺在一件羊皮袄底下，鸟笼放在燃木柴的炉边。只见火红的煤块前，一只花哨的弯嘴鸟暴躁地在细长的栖木上挪来挪去。

车厢里起先还吵嚷欢腾，后来四十双脚齐伸向火炉，只听见铁轨接合处的咔嗒声，以及击打车厢壁的风的呼啸。火炉旁，一位勤务兵看管烧成灰烬的煤块，身体随车轮与分秒的赛跑有节奏地摇晃。夜晚和狂风正疾驰而过。透过车顶上掀起的挡板，可见天空正逐渐变蓝。所有车厢突然缓冲着停下来。颠簸和停顿让那位勤务兵站起身，他拉开车门，将耳朵和眼睛探出去。一盏灯沿铁轨走着。勤务兵等那盏灯走近，然后喊："这是哪个站？"回答是："尼克诺夫卡。"灯接着飘浮。

勤务兵抽身回车厢，向那羊皮袄俯身：

"起来了，神父。尼克诺夫卡到了。"

羊皮袄底下毫无动静。

勤务兵伸手到袄子下面，摸到一只冰冷的瘦骨嶙峋的肩膀。

"尼克诺夫卡。你到站了。听到了吗？"

几只脚哆嗦着缩回军服：

"谁想冻死我们？关门，关上门。"一个上铺传来一声沙哑的嗓音：

"怎么回事？"

"指挥员同志，"勤务兵立正回答，"请允许我报告，我值勤的时候，这位老神父死了。"

一刻钟后，那具尸体移交给了尼克诺夫卡站的站长。那盏灯在灰色空气中飘动。缓冲器发出一阵轻柔的碰响。鸟笼继续上路。

6

这辆火车一段一段地接近战区。被雪覆盖的田野里，各处立着被烧毁的死寂的村庄。火车默默前行，没有灯光，也不鸣笛。红色车厢里的歌声消失了，人们无论坐着还是睡觉都不解除武装。

之后，就在黎明前，天空突然燃烧起来，仿佛被点亮。三百步开外的一个拐弯处，机枪的快速哒哒声和步枪射击声交织成一片。子弹很快敲在车轮上。

随着一声怨恨的嚎叫，发动机震荡火车，试图后退，但被一阵齐射挡住了，这时，悬吊在煤水车上的电话听筒里传出嚎叫："停车！"车厢的门被隆隆地推开，人们迅速滚出，列队。他们必须立即面对死亡。那鸟笼立在四十双骚动的脚之间，越来越近地被踢到门边，再来一下——鸟笼便圆底朝下落在地上。一个步枪把柄偶然砸到鸟笼，使得笼子（伴随鸟儿的一声尖叫）撞上积雪的冰冻表面，滚下倾斜的路堤。它不得不换乘了。

7

一位铁路巡道工用一根木棍敲着枕木巡视。他沿堤大步走着，突然听到下面什么地方发出一声喉音："列队，开火！"

仿佛条件反射，巡道工扑倒在地，僵住。但田野很安静。很快他明白过来，并没有子弹射过来——铁轨旁是一片白茫茫的雪地，空无一人。巡道工跪着，从堤边往下看。十五或二十英尺开外的半坡上，无叶灌木丛里有个奇怪的东西，他开始觉得像一只鱼篓，然后认出来是个鸟笼。困惑无比的巡道工站起来，一眨眼工夫，他就开始审视这绿蓝灰相间的怪异而花哨的一团。它的硬翅在冰封栅栏后竖着，继续吹哨，嗡鸣："列——队，开火，开火，开火，列……"

巡道工笑了，小心地拿起笼子，用他身上羊皮袄的一角裹住以挡风，很快，笼栅上的冰就融化在他"小屋"的温暖中，水滴断断续续落在黏土地面上。

又过了几个月。长时间以来穿梭于空气的子弹销声匿迹，空气又能呼吸了。生活，还有火车，也开始周转运行。时间经过带编号的小屋，有规律地流转，以火车汽笛标记预定好的小时和分钟。在红蓝绿色的鸟儿旁，皮制的支架上伸出红色、绿色的旗子。鹦鹉学会了模仿蒸汽穿过钢铁缝隙发出的鸣笛，有一次，积雪导致邮车晚点，这只鸟发出一声高昂尖锐的哨音责备，仿佛提醒被打乱的时间表。巡道工只好摇摇头说："你该是维修部的头儿——还自带笼子，连办公室都不用。"

一切都一天天清爽起来，除了那瓶子里永不干涸的、浑浊的液体，那是小屋的第三位住户。那浑浊之物从杯子进入那人，发出阵阵悲叹和诅咒，在他眼里转动着四壁，让他把脑袋沉入掌心，瘫倒在桌上。

"听我说，你这只鸟娘养的……"他每晚的忏悔都如此开始，词语在烈酒上漂浮。他唠叨自己的教育不是来自书本，而是来自棍子，刚膝盖那么点高的个头就得离家上路，当个流浪汉，见识世面：没见过十字架，倒见过十字路口；没见过……

那只鹦鹉把脑袋缩入粗硬的蓝灰色羽毛领，仿佛一个法律顾问坐在一个当事人面前，听他迷糊而冗长地陈述案情。它的目光掠过他，看向排队的下一个：他们的故事同样脆弱、含糊，正耐心地排队等候。

酒瓶吸干了巡道工微薄的收入，并渴求更多。他先是喝掉了备用靴子，接着喝掉政府发放的带铜纽扣的夹克，最后是鸟笼：为了一百口劣酒，鹦鹉迁入一间木屋，来到一个冒出三十多柱淡紫色烟的不起眼的村庄里。

8

鸟笼立在角落里的一根长凳上，它下方夯土的地面上是一只木浴桶的凸肚，它的裂缝里散发出一股酸味，一只蟋蟀在刷成白色的胖墩墩的火炉后叽叫。这是一只不识字的乡下蟋蟀，从没听说过狄更斯[①]，只会哼唱"煤块越烫，裂缝就越宽，而裂缝越宽，天就越冷"。

---

① 暗指狄更斯的圣诞故事《炉边蟋蟀》（1845）。

这间木屋与相邻的木屋们一样，过着一种狭隘的生活，艰难而木讷得像一条林中小路。低矮的门楣下，话语与粘在鞋底的泥浆一起来访，密实、黏稠，如潮湿的黏土。有时在桌子上，在一团黑桃 A 一样尖的、被呼吸吹拂的火焰旁，会躺着一张报纸，一个单调吃力的嗓音一字一顿地读出报纸上的词，迟缓地拖出句子。耳朵和皱起的眉头向音节倾斜，听众一言不发。那只鸟笼也无声响。

几个星期过去了，鸟笼被系在几麻袋土豆上，与一群咯咯叫的小鸡挤在一起，那些鸡脚像花束一样被扎起来。就这样，笼子在一条坑洼的路上颠簸着去镇上，去市场。

人群的喧闹声与眩晕感再次挤入笼栅间：在马车之间盘旋的"多少钱"，女人们鲜亮的头巾，小贩的叫卖和夸口，戴嚼子的马儿嘴里嚼干草的声音，"抓贼啊"的尖叫声，旧钟楼里敲出的铜钟声。

不久，这集市的车轴嘎吱作响地散开，在马克思和恩格斯广场，也即前大教堂广场上，什么也没留下，只留了些轮辋印迹、碎陶器、簇簇干草和橘红色粪便。

另外就是，在对着空荡广场的一扇茶屋的门后，从搁架上伸出的翘鼻茶壶旁边，有一只镰刀嘴鹦鹉。柜台上的瓷器叮当响——谈话声夹杂嗑葵花籽声——被漏斗状嘴吹散的蒸气——嘈杂声——肥苍蝇的嗡嗡声。

然而，这只鸟的沉默并不具有观赏性。在第二场集市里，那个卖掉笼子的人来到茶屋，既没有看到鸟笼，也没看到那只鹦鹉。

与之同时，在伏尔加河畔的一个驿站，等待汽笛的无聊旅客聚在一个装有五戈比算命纸条的木箱周围。他们与其说被算命吸引，不如说被盖子上一只羽毛凌乱的鸟吸引：它待在那儿，疲惫的翅膀收缩，一副兜售赎罪券的无神论者的样子。每当箱子的主人轻推那只鸟，催促它叼出一张纸条时——这总会引起一阵哄笑——鹦鹉就会尖叫："开水，滚烫的水，开……"

9

从前，格列布·鲍里索维奇·鲍里索戈尔布斯基住在一座有十一个房间的公寓里；后来，他住进六个宽敞的大房间；然后他住进带厨房的两个房间；接着他挤在一个小房间里，与一只汽化煤油炉作伴；如今，他在半个小房间的临时隔板后面生活，因为一扇窗户都没有，连太阳都不知道怎么进来。从这半个房间开始，所有围绕格列布·鲍里索维奇的东西都成了半个。当被问及年龄，他会指着额头上方的一团花白发丝，狡猾地说："如果投票的话，有的赞成，有的反对——数一数票，多数票决定。哈！"格列布·鲍里索维奇既不瘦也不胖，既不近视也不远视，既不聪明也不愚蠢；夜里，他把自己关在半个房间里，小酌半口；他就着小杯子里的半杯伏特加，小口咀嚼面包，沉浸在单调的自言自语中，咕哝："鲍里斯（Boris）和格列布（Gleb）[①]，格列贝（Glebel）和叛徒（rebel）……"

格列布·鲍里索维奇是拍卖会的常客，拍卖所、百货商店、跳蚤市场、图书市场和一般市场里都能见到他的身影。带着倾听交响乐的神情，他看着那块刻有交织字母图案的水晶汇入人群；卢布价格飙升的加框裸体人像、长袜和带异域蜡封的烧瓶；一把扶手磨损的古董摇椅，它曾爬上拍卖台，现在没有人要了，拖着弯腿退到一旁。在这里，格列布·鲍里索维奇也一样问问价钱，但并不讨价还价，或者讨价还价，但并不购买。有时，他站在书报摊前一页一页地翻一本书，渐渐迷失于密密麻麻的字行间，直到读完最后一页上的标价，然后小心翼翼地把书放回原处，走开。

今天也是如此。在节日的金色阳光下，成堆的旧物川流不息地从大门和拱廊涌向市集广场：绒垫磨损的竹腿高背椅，已经摇摇晃晃；黑漆涂层古旧的哀悼圣像；藏在装订线或旧夹子下面的祈祷书；虫蛀的旧物什；带黄边框的蚀刻版画；

[①] 两兄弟，其父为中世纪基辅罗斯大公弗拉基米尔一世。大公于 1015 年去世之后，两兄弟被杀害，后被俄国东正教封为圣徒。

浸透时间胆汁的旧书里那些沉睡的书页。最后，在一条缓慢流出广场的小巷子里，好比从湖泊流出的一条小溪里，在卵石波浪上有各种残缺的小玩意儿——一只脚上有缺口的珐琅高脚杯；一只缺枝的六臂烛台；一个拥抱四方空白的雕花金框；一只装饰有珠子的便鞋；一个布满麻点的球形织补衬托架；一台喉部劳损的钟形喇叭留声机；一本松散的相册，硬纸板上已然空无一物，它曾收藏过三代人无数的照片。

如往常一样，格列布·鲍里索维奇漫步在铺开的油布和麻皮垫中间，打量着五花八门的物品奴隶市场。他摸了摸一台枝形吊灯的玻璃坠，这灯像从一个无形的天花板落到打量它的人的脚边——那些小小的琢面立刻溢出七彩的光。他在一幅版画《伊巴密浓达之死》① 面前俯身，细看那根从灰色伤口里戳出的投枪，还问了声："多少钱？"随后，他沉吟于一个锈迹斑斑的钟摆和它的"不滴答"，一丝微笑牵动他的胡须——他接着走进树荫覆盖的小巷。

一副镀金镜框靠在一块脚蹬石上，映出一个过路人的黑胶鞋、黑手杖，如一幅荒谬的静物画。然后从一台留声机的喇叭爆发的咳嗽声中，传来一声带鼻音的呜咽：

"先生，买我的鹦鹉吧。"

---

① 伊巴密浓达是底比斯的将军、政治家，他终结了斯巴达对希腊的统治，于公元前 362 年的曼丁尼亚战役中被投枪刺死。

那呜咽似乎出自他的胳膊底下。格列布·鲍里索维奇移开手臂，看到——就在他外套口袋的高度——一张上噘的乌贼状嘴，上嘴唇被一个大帽舌遮住。

"先生，买我的鹦……"一个小男孩慢吞吞说道，十根手指拢着一只弯喙的羽毛鲜亮的鸟。

格列布·鲍里索维奇碰了碰鹦鹉的黄绿色胸脯：

"多少钱？"

"三卢布。"

"哦！"格列布·鲍里索维奇把大衣口袋从流浪儿手里拽回，继续走着。就要转过街角离开市集时，他突然听到身后断续的脚步哒哒而来。回头看——那个带鹦鹉的男孩正追着他跑，从帽舌底下大叫：

"一卢布！一卢布！"

那实在太便宜了。但买来做什么呢？为了摆脱那孩子，他回答：

"五十戈比。"

然而在格列布·鲍里索维奇发挥出他的长腿优势之前，他就被赶上了：

"给你。"

两个十五戈比加一个二十戈比硬币从他手掌跳走，而同时在他伸出的手指上，出现两个拍动的翅膀和一个扇形尾。

格列布·鲍里索维奇多少有点儿困惑，想窥探那只鸟的眼皮下面藏着什么。谁知道呢。一个路人大笑起来。小贩已经无影无踪。格列布·鲍里索维奇有点生气，晃动手指："嘘!"那钳子般的抓握不肯放过他的手指，那只鸟虽然一直在动，却连眼睛都不眨。"哼。"格列布·鲍里索维奇不满地想了想，一只手向外托着他的意外所获回家了。

他只需要挪开书桌上方架子上的六期《印刷与革命》就可以了，放上一个装满沙子的铁盒子，鹦鹉就有了自己的角落。然后，他得给鳞状鸟脚套一个环，另一头绑在一根钉子上，这位奇特房客的安置就基本完成了。

格列布·鲍里索维奇脱下夹克，解开鞋带，躺下来休息，朦胧的眼神斜看着书脊周围花里胡哨的那一团。那鸟的羽翅似乎给拧在天花板上相当于二十支蜡烛亮度的灯泡增添了某种亮度和光泽。"好吧，为啥不呢?"他想……

从他后脑勺挨靠的墙那边，传来缝纫机的嗡声。从他头顶附近的墙那边，一根僵硬的手指在吱呀的琴键上漫游，像在弹《国际歌》，白色天花板在啪嗒的脚步声里颤动。他紧闭的眼皮后面飘浮着俗丽的斑点："如果它会说话?"这个念头掠过他昏沉的脑子。缝纫机的嗡声停止：肯定是断线了。他的大脑神经元散开，他沉沉睡去。

一丝声音从虚无中升起，从永不中升起，交织着拖长的"杀"这个音，从"杀"变成"死"，又落回到"杀"，再变成"杀死""杀死了"，再回到"杀"。

他的大脑受到这声音的刺激，重新耦合神经元，牵动神经线，他睁开眼皮。这房间和周围的一切都在沉睡，无声无息，但那只鹦鹉的眼皮已卷起来，它的喙在微颤，像一篇不可见的文本里的逗号一样弯曲着。

格列布·鲍里索维奇摸索着穿上鞋，挠挠头，起身，摸索桌子，随着玻璃杯的叮当，一小块浸了酒的面包悄悄移来，上面滴着酒，从杯子来到嘴边："鲍里斯和格列布，叛徒格列贝，魔鬼叛徒，异教徒……"一小口接一小口，很快，他的眼睛就像那只鸟那样覆盖了鞘皮，他的脑海里回响着一串凄凉而漫长的"杀……"

第二天早上一切如常，格列布·鲍里索维奇被每日的嘈杂唤醒。汽化炉在厨房里嗡响，厕所里的水以短促的呜咽不断哗啦。

从他右边的墙透过来一阵吵嚷："现在没轮到我来替我们排队。"（"又是那些没用的家伙，大声喧哗，该死的"——格列布·鲍里索维奇闭上眼说再见了）。从下面的院子里传来一辆汽车低沉的轰鸣，这是来接左边那堵缄默的墙后住着的那位前途光明的党员的。

鲍里索戈尔布斯基把昨晚吃剩的面包屑放在手掌上，递到鹦鹉的喙下。这只鸟正坐在克柳切夫斯基的第五卷[1]旁，眯一只圆眼，不安地用它那鳞状黄脚的长趾扒着沙子。

挂锁放入 U 形环，鲍里索戈尔布斯基同志一只手夹着公文包，鞋底数着四十三级台阶。等在那里的汽车向他抛来泥浆和烟雾，带上从左边墙后出来的人飞驰而去。格列布·鲍里索维奇想要用袖子擦去泥浆，但鲍里索戈尔布斯基同志并不在意，于是他俩——也就是他——迈着沉重的步伐继续走，或者说，他俩同白昼一起跋涉，沿熟悉的路线从黎明走向黄昏。

"直到每天的四点三十分，我都会支持苏维埃的统治，"格列布·鲍里索维奇喜欢私下里开玩笑，"为什么不呢？但在四点三十一分，呵……"——而他的密友会以一个重复的"哈哈"或一个有先见之明的"嗯"代替这个"呵"。当格列布·鲍里索维奇完成他的四十三步逆向攀登，走入公寓时，正好五点十五分。甚至还没有打开楼门，他就听到一声高亢、紧张的单音符声音。他感到不解，走近黑暗的前厅——那声音一直延续，伴随滑动的喉音。他从前厅走下通

---

[1] 暗指克柳切夫斯基（V. O. Klyuchevsky, 1841—1911）编撰的《俄罗斯史》第五卷。

往自己房门的过道时，突然愣住：他的房门大开，七八个后背挤在一起挡住了路。"搜查——逮捕——幕终"——在他脑子里如鼠四窜。"我该逃亡，还是……"估计没人注意到他的逃离，因为所有的脸和注意力都集中于那被暴力打开的房间，以及飘出门槛的那阵喉音。但正是那根均匀震颤的音线在他那还算清楚的脑子里逐渐分裂成单词和音节，在神经和肌肉之间截获逃离的本能反射。那鹦鹉的嗓音——格列布·鲍里索维奇只能听清那鸟吹出的哨音和咔嗒声——像一张自行繁殖的蛛网，单调而清晰地表述着……

1928

不知情大街

（一个人写给多个地址的一包信件）

1

六声长铃

特维尔大道四号

我想，没准儿是三号

四楼，左边

　　我是在沿着那个狭窄阴暗的楼梯间曲折而上时认识您的。在一间公寓的告示牌上——白底红框——您的姓氏写在最底端。但是我忘了，请原谅，我只记住了您是六声铃[1]。这足以说明问题。一座公寓里最尊贵的住户总是选最短的铃声。他通常是某位领导，一个随身拎公文包的人。他可没时间去听、去数铃声。在听觉经历第一声金属震颤后，他就不

---

[1] 六声铃：在苏维埃时期的莫斯科，公共公寓里住了很多家庭，被访者常以按门铃的次数来判断并应门。

再数了，而是回到他那堆表格和报告中。响两声铃的人已经不再是拎公文包的家伙，而是在公文包底下讨生存的人。他是次一等尊贵的人，享受额外配给，但是他无论做梦还是醒着都在工作，夜以继日。至于六声铃的房客，就无足轻重了。一个很能忍的家伙，因为忍耐而被人接受。事情就是这样。而且我知道，您耐心地数六声铃，如此顺从，所以您也可以把这封不请自来的信从头读到尾。实际上，这是我对您的唯一请求：能听我讲完。

　　我被一种可称之为"书信狂躁症"的怪病缠上。怎么回事？它大约起于两年前，那是排长队买伏特加，开始用邮票兑换零钱的时候。我开始喝酒。您问我为什么酗酒？为了对现实保持清醒。我老了——头发灰锈，牙齿也垢迹斑斑，而生活依然年轻——因此，我必须被冲刷掉，我像一个污点，须用烈酒洗净，事情就是这样。

　　那时，我的每一天都这样开始：我早早起床，走到街角去等待，像一只松鸡猎人守在交配地点。很快（但有时也没有那么快），从某个十字街口，一辆载满木条箱的运货马车会出现在眼前。在板条箱里，软木塞和玻璃瓶里藏的是酒精。从寂静中被唤醒，我会跟着那辆马车——无论它在哪儿转弯——直到它停下来卸货。我感觉自己是在跟着一辆灵车，我的遗体就躺在那弹簧上。

但那不是重点。重点是，因为硬币匮乏，别人会用邮票来为你找零。作为一个深居简出的人，一个因孤独而与其他所有人隔离的人，他拿邮票做什么用？这些黏糊糊的锯齿状小矩形代表着交际、灵魂伴侣、经常黏在一起的人。我积攒了一大堆邮票。它们堆放在我桌上一角，不碍事。它们向我要求工作，要求意义。有一天——当时我已经半醉了——我从邮票边缘撕下一个个锯齿，决定（您知道，我们这些醉鬼并不吝啬）给一张邮票一点儿快乐。

但写信给谁呢？无人可写。也没有一个信封、一张信纸。即使这样，我还是起草了第一封信，将这张纸折成一只小船，贴上一张邮票，写了个地址：**寄给第一位发现它的人**。接着我能做的就是打开小窗把信扔出去，就像扔进邮筒的小槽口。

所以，事情就这样开始了。我们——我的共同执笔者，伏特加和我——逐渐养成了写信的习惯。这是一种饮完烈酒后喝的饮料。我无意冒犯您。再说，您这位六声铃先生不容易被激怒。顺便问一下，第几声铃响会让您兴奋？第四声？还是第五声？如果您是男性，您瞧，那么您是在等她；如果您是女性呢，那就是在等他。而我，我年纪大了，不再等任何人。我唯一的访客是那该死的东西：它已深深浸入我的灵魂，它那无眼的盲目已深入我的眼睛，它的冰冷进入我的血液——我宁愿……但是为什么说这些？酒瓶空了。我得出去再搞一瓶。在路上，我会将这封信放进邮箱。不久，他们也会将我放进一个盒子。再见。或不如说——永别。

2

任何人

阿尔巴特街五十一号三楼

右边入口旁

左边第一个窗户

　　我故意贴了六倍于必要数量的邮票——我这里有这么多，可以把它们扔给风了。幸运的话，邮差会被感动，而不是被这怪异的地址吓到。

　　至于您，公民，无论您是谁，我只知道：您所在的那幢楼的楼门上方有个号码——五十一，深更半夜，当黑暗穿过天顶，您那幢可笑的圆形建筑的一百扇窗已经熄灯，只有您的窗还亮着，它的光藏在白色窗帘后面。

　　我知道这些是因为我喜欢夜间出去散步。您和睡眠显然不是朋友。当每个人都停止了白日的思虑，大脑的半球处于分离状态时，您仍在追随自己的思绪。我也是。我们这类人正好做伴。在众多的结拜弟兄中，有一种叫作"蜡烛弟兄"。

这是一种古老的风俗。当有人连买一根蜡烛的四分之一戈比都没有时，他们会合买一根，一起举着它，手指触着手指。好了，你和我就是蜡烛弟兄，思想永不黯淡的挚友。尽管我们素不相识，从未见过对方，也永远不会相见。

继续吧，我喜欢夜间散步。白天——空间被阳光充满，迷宫之城被转动的车轮和呆板的脚步塞满——时间几乎难以察觉。它只是空间的影子。但夜晚降临，死的活的都静下来，阴影便代替事物浮现，把它们赶入梦里，赶入影子般的生活。空荡的街道上方，钟表圆盘发出微光。而时间挥动着它们的黑色指针，恰如我此刻挥动我的笔尖，将其思绪刻写入黑暗。

我们的时间是时间中的时间。我们放弃攫取空间和吞并领地[①]。但我们攫取时间，吞并一个时代。必须仔细详尽地研究这种新的社会主义财产。我会尽自己最大努力来做这个。

亲爱的从不熄灭的窗口，我常常站在街对面的人行道上与你交谈。没有人打扰我们，除了醉汉偶尔的说话声和迎面而来的夜车轰隆声。此刻，时间对我显现，一会儿像分秒的旋涡，一会儿像倾泻而下的瀑布——泻入未来。如果这分秒之风强劲得足以吹飞我的帽子（顺带吹掉别人的脑袋），这是

---

① 从第一次世界大战退出时，列宁呼吁立即实现"不兼并"的和平，亦即不侵占外国领土。

否意味着我该向革命鞠躬呢？我所有的想法鼓点般落到这个问题上——如水滴落在石头上。

现在，一个人必须高举着自己的灵魂生活。生活水平已上升到如此程度，几乎到喉咙眼了。一个人很容易溺死在那些意义中。但如果一个人的灵魂随着年龄而弯腰驼背了，该怎么办？或者这个人本来就驼背？该向——就像老话说的——自己的坟墓求助吗？[①] 我想是的。

您从不回答我，窗户。您的灯光也不说话。尽管前几天，我相信我收到了您的（而不是别人的）一句简短的回音。这行字以圆圆的金色字母写在一块小黑板上：**出门时关灯**。

3

寄给：邮差

邮差同志，这封信不会增加您日常行走的步数，也不会使您的邮袋重一盎司。我只是担心，出于携带信件的习惯，您会把这些字行也带回房间。相反，我建议您，立刻打开这封信，读完它，扔掉，扔进最近的垃圾桶。

我非常重视邮差的劳动。在我看来，这工作非常值得尊

---

① 这句话引申自一句谚语："坟墓将矫正驼背。"

重。然而我坚持认为——请别发火——没有一封信曾经抵达过任何人，或任何地方，以它完整的形式，以它终极的意义。

当然，我无意对邮差的工作有丝毫的中伤。邮差负责任地敲门。然而敲打一颗心，敲啊敲，直到心听见——那可不是信件传递者的职责。

邮差递送一个信封。但是我向您保证，盖着符拉迪沃斯托克邮戳、被投递到莫斯科的那封信，它前方的旅途比身后的更漫长。

我们已经消除（或者几乎消除）了文盲。非常好。谁会有异议？然而，我们在消除精神文盲方面有何成就？我们所有人都借助音节来彼此理解，只是勉强而已；我们不知道如何去阅读别人的感受，以及藏在词语里的本质。

然而，我在您这位偶然的收信人身上猜到了被伤害感，或无聊感，而这种感觉随时会让您把我的信扔掉。再耐心读一两行吧。您瞧，随着墨池里的墨水一滴滴耗尽，写信人却被一杯杯的伏特加灌满。我猜，您也不总是酒不沾唇。为您的健康干杯！不久前，喝了两瓶后，我写了一张明信片给上帝。我是这样写地址的："寄给上帝。本人收。"我对神发誓。当我出去找第三瓶时，顺便把明信片扔进了邮筒。等到我睡足觉、醒了酒后，我忘了它，但它并没有忘记我。两天后，这张明信片返回来，盖着"**地址不详**"的戳。谁还说我们邮政的效率不高！为您干杯！

我们在谈论什么？哦，对的，信封。思想恐惧太阳：让这杯，如人们说的，离开我。接下来，我似乎是浸在自己的酒杯里了。我眼前浮动着涟漪和舞动的斑点。是的，一个想法先是住在某人的头冠下面，在一个骨头信封里，接着到了一个纸信封里。和穿透那层骨头相比，剥掉——懂吗，剥光——那层纸皮肤直到……这更难！见鬼，我的想法像醉汉一样摇摇欲坠。墨水池怎么在地上。墨水池！够不到了。我的笔……

4

不知情大街十六号一号公寓

不知何故，酒水商店十一点钟才开始营业。我十点钟出门，只好四处闲逛，直到他们打开铁栅栏。我先是走到瓦古尼金山，在那里的无顶小教堂①旁立了一会儿。下方曾经是一片光秃的沙滩，现在变成了令人愉快的花园。仔细看，越过莫斯科河和别列日斯基②，你能看到布良斯克车站的黑色钟

---

① 无顶小教堂：1914—1915 年，由老信徒建造的奇迹创造者尼古拉斯教堂，1939 年被夷为平地，它一直没有圆顶和钟楼。
② 即今日的别列日科夫斯卡娅路堤（Berezhkovskaya Embankment）。

面。它的金色指针拖拽分钟转动，犹豫而费力，像一个同时扛着两位乘客行李的搬运工。一阵风起。我转身背向风，走向瓦古尼金巷。一阵七弯八拐——我发现自己突然置身于一条陌生小街，街上排布一两层的楼房。它和别的街没什么不同，除了名字——蓝底板上写着白色字母：**不知情大街**。

您，我这封信的收件人，还没在那里。您不在那里，是因为这街上只有十四栋房子，十六号还在一砖一瓦地建造。我不想让这封信过快抵达，就让它和我此刻正想象着的未来一起出现在您眼前吧。

不知情大街：只有十四栋半房子，有那么一片刻，我觉得它会一直蜿蜒，穿过整个俄国，而它那些像我这样的不知情和不情愿的居民，不计其数。我们都住在历史的不知情大街上。

我们做了什么，以促成**它**的到来？[①]——您知道我在谈论什么。我们顶多只能大声呼唤**它**，就像过去的村民以春日之歌呼唤春天。我们的春日之歌确实缺乏点春意。然而，到来的春天惊艳地年轻，一个名副其实的春天。它的花朵对我们的眼睛来说过于鲜亮了。于是我们就把眼睛藏在护目镜[②]

---

① 也即：我们这些自由主义知识分子做了什么，以促成二月革命的到来？
② 当时的一种时尚，可能是受飞行员装束启发。

后面，"生活不是玫瑰花畦"——但那正是我们想让它成为的。正当其他人以肩扛起石板一样沉重的日子，为革命铺路——不折不扣的巨人之路，我们则撕下日历轻盈的纸页，只是时不时地瞥一眼，看太阳走了多少分秒，或看向我们撕下来的那页推荐的晚餐：面包丁浓肉汤还是小龙虾汤。

好吧，不知情大街上能有怎样的庆祝活动？不知道。怎样的欢乐？"意外的"，恰如勃洛克的一个标题所言[1]。然而，一个人只能活在期待中。二手的存在几乎等于不存在。我们所有人都不切题。还有什么比这更荒诞呢？但为什么现在要谈这些。

5

寄给邮票上的人

我看到你在微型绿纸窗里。你的肩膀伸出了锯齿状边缘，头颅高昂，戴一顶布帽[2]。此刻我正将你粘到寄给你的这封信上。我是一个无法坚持任何一种事业的人，一个乱了套的人，混乱之人。但是闭嘴吧。

我嫉妒你。你的职业是高尚的：即刻奉献你的生命——

---

[1] 指俄国象征主义诗人勃洛克的第二本诗集《意外的喜悦》（1907）。
[2] 很像苏联最早发行的标准邮票之一——红军战士的肖像。

不是按分秒，也不是按小时；不是零星奉献，而是整个的。你以你的尸体来捍卫属于你们的东西。事实上，我也是一具准尸体[1]。因为只要我活着，就会挡了你们夺取属于你们的东西的道路。我被除掉，这合乎逻辑。除了逻辑，还有……

当它[2]刚发生时，我和别人一起，和你一起，尝过它的风头。我参加投票、集会，发表演说，总而言之——我尝试了所有的可能。但是有一天，一位工人——他的脸看上去和你很像——听了我的演讲之后说："你把二月的精神偷换入十月的事业了。"[3]那让人很受伤，我感觉受了侮辱。但让我更感侮辱的是：他说的是真的。

当然，除此之外还发生了很多事。我终于明白，无论我做什么，事情都是自行发展。我于是放任其自流。毕竟，为什么要给运自己的灵车轮子加一根辐条呢？我渐渐远离人们，同酒瓶为友。我不醉不休。

如今，我们院子里的小男孩们，无论什么时候看到我，都会大喊："红鼻子叔叔！"好吧，有个红鼻子总比被人牵着鼻子好些。你觉得呢，邮票上的人？

---

[1] 这些信件的作者是一个"旧时代的人"，一个由于非无产阶级出身而被苏联剥夺公民权的人，时刻处于被逮捕的危险中。

[2] 指俄国十月革命。

[3] "二月"指温和的反独裁的革命精神，它推翻了俄国君主政体，而"十月"则意味着激进的布尔什维克政变。

6

永不熄灯的窗

右手边入口旁

阿尔巴特街五十一号，三楼

窗户，我又来了。你一定是一位作家。不然谁会整晚都坐在灯前？老实说，我不喜欢我们的作家。他们几乎都一个样，写千篇一律的东西。生活抛出了一大堆的主题，一种主题坐在另一种主题上，挥舞第三个主题的鞭子。但是他们害怕主题。其中一个主题是：我们尚未成为自己。有道理。然后呢？

你们作家用墨水池的方式，正如章鱼用它的墨囊——为了自卫，把水搅浑以"让自己脱身"。每本新书都以八条灵活的触手避开之前的书①。

简短点，与其说这是文学，不如说是一场笔尖和标签的游戏：你用笔尖做戏，他们来给你贴标签。然后重复再来。

但是你，我猜，你有自己的窗口看世界，你会理解我。

当然，我不是作家。我只是一个……做笔记的人。如果有某个意象在我的头脑中萦绕不去，开始到处尾随我，我就

---

① 以免自己被与上一本书中所犯的任何意识形态错误相联。

会用笔扑向它，就像投标枪。这里有个样本，是按顺序抄写的，没有试图去协调不合逻辑之处。

> "你必须提振起来。"一个人对另一个人说。
>
> "好吧。"另一个人说，然后去吊死了自己。
>
> 死者能把任何人拧成任何东西，他甚至试着把自己拧成一个套索。
>
> 他先是过着散漫的生活，然后把头钻进了套索。
>
> 这样描述一个吊死自己的人应该不夸张：他与生活的关系很紧张。

诸如此类。可以有一打的变体，就像舒伯特对一个主题的变奏[①]。我坐下来开始虚构，直到战胜所有的矛盾。我感觉轻松了一些。但是，无眠的朋友啊，我想给你推荐一个主题，或许两个。你不会拒绝我这个谦逊的奉献吧？毕竟，任何想法和构思都需要形式，我一个也没有，但是在那儿，在你黄色的灯光底下，或许我的构思能得到它们想要的。

---

① 指舒伯特的钢琴五重奏《鳟鱼》。《鳟鱼》原本是18世纪德国诗人、音乐家舒巴特（Christian Friedrich Daniel Schubart）在遭囚禁时所作的一首诗。

从本质上说，我的第一个主题并非虚构，而是观察所得。在我还年轻时，我认识了一个古怪的老农。他的名字是扎克哈。他快八十岁了，常说年纪令自己愤愤不平。他对自己的衰弱感到愤懑，对岁月的枷锁使他不能在田间劳作感到愤懑，这促使他离开自己的木屋和一大家子去做了一名守夜人，就在城市边上的一个仓库里。这份工作不需要身强力壮，摇摇拨浪鼓就行。只需要人从日落到日出保持清醒。老人睡得非常少，且睡得很轻。如今，为了履行他的责任，他的生活就成了连续不断的无眠。

在夜班期间，他会捻小意识的烛芯，但从不会熄灭它。第一缕晨曦乍现时，他步履沉重地走过分开仓库和他的家的几里路。回到家，他依然不会躺倒。他会坐在屋外的坡地上，头斜对着温暖的太阳，或帮他的儿子做些轻活，要么就修补鞋底，给一件外套或一双毡鞋打补丁。黄昏时，他又回去守夜。

我那时年轻，生命的三分之一都在睡觉——整整三分之一——所以对这种现象很好奇，也很困惑。有几次我问扎克哈他怎么能不睡觉。老人灿烂地笑着，总回答说："干吗要时不时地睡一觉？有一天我会倒下睡个好觉的。"

扎克哈的眼神敏锐、犀利。他能分辨出栖息在远处电线上的鸟的种类。他从不闭眼，似乎这增强了他的眼力，而他意识的连绵降低了它的不稳定性，使得它比每天因睡眠而中断、醒来又重新恢复的其他意识更有优势。

扎克哈话很少，但极具权威与准确性。如果你反驳他，他会沉默，眼观鼻，然后无声地看着你。

有一天，值完夜班，就像往常一样，扎克哈回到家人中间。他先是在秋日寒凉的太阳底下的斜土坡上坐了一会儿。然后，儿子唤他，老人就拿起双人锯的一侧来帮他锯一车的木头。锯齿前后移动，划穿木头，这时老人突然甩手，走向门廊。到了门口，他才回过头来对惊讶的儿子说：

"找牧师来。我今天要睡去了。"

他儿子呆立原地，仿佛生了根。

"你怕什么？照我说的去做。"

不久，牧师来了。扎克哈已经换上干净衬衫，做了告罪忏悔，领了圣餐。他又做了些临终嘱托：在下雨前修好猪圈棚顶，撑起栅栏以免被风吹倒。然后他就坐到斜坡上。家人和邻居不时担心地瞥一眼老人，尽量不发出一点儿声音。有人问他："你不进屋里吗？"他没有回答。他一直打盹，一个绷紧的哈欠让他张大嘴。他先是用手肘撑起头，但那样并不舒服，于是他在土坡旁伸直腿躺了下来，脸朝着寒冷的秋阳。

他的老婆怯怯地走到睡着的老人身边：

"扎克哈·艾格里奇，去炉边凳子上躺着吧。你在这儿会着凉的。"

没有任何回答。她碰了碰他软垂的手，果然，他已经死得冰凉了。

这就是给你的主题，或许你不会鄙弃它。至于另一个，我不确定它是否值得……最好还是放一边吧。我累了。如果这个真实的故事适合你，我建议你把它文学化，剔除一些东西，精练些。否则会有蠢人喊叫：神秘主义。

顺带，我一直想问你：你费这么多电，你的邻居们不会牢骚满天？①

7

同一地址

另一个主题是关于我的。我把自己写的几封信的副本放入了信封。我凭着记忆写下它们——大多数信已沉入遗忘。当然，材料并不多。还是寄给你吧。我不会给你推荐一个题目，你会想出一个比我的题目更好的，但作为一个角色，我会喜欢"不知情大街"。

---

① 在公共公寓里，电费账单是分摊制。

这封信是我最后一封了。我不会再来烦你。如果不是因为一桩小小的意外，这一切很可能没完没了地持续下去。

今天早上，在刺耳嘈杂的车轮声中，我看到一辆车碾过一条狗。它的内脏被挤压喷出……但这还不是重点。那条狗仍活着。它还有几秒钟的生命。一只强壮的纯种野兽。它颤抖的腿撑起身体，充血的眼睛凸起。它的主人冲向它，身后还跟着几个路人。冲着人们伸出的手，那只狗开始狂咬，疯狂地撕咬任何想要靠近它牙齿的东西。受惊的人群往外散开，那狗困难地喘气，继续咬牙切齿，它半盲的眼睛已看到了死神的逼近，它在守护自己。它守护自己直到最后。有智慧的野兽。接着是一阵抽搐，结束了。

我径直回家——还没走到酒铺的招牌前。不知情大街在我身后。此刻，我再也没有不情愿。今天，我将与命运碰杯。在我的杯子里将没有伏特加，但是，会有别的东西。

1933